# 武阳渡

邓年寿 | 著

中国文联出版社

**图书在版编目（CIP）数据**

武阳渡／邓年寿著. -- 北京：中国文联出版社，
2023.8

ISBN 978-7-5190-5297-3

Ⅰ. ①武… Ⅱ. ①邓… Ⅲ. ①长篇小说—中国—当代
Ⅳ. ①I247.5

中国国家版本馆 CIP 数据核字（2023）第 151050 号

著　　者　邓年寿
责任编辑　李　民　周　欣
责任校对　杨晓婷
装帧设计　中联华文

出版发行　中国文联出版社有限公司
地　　址　北京市朝阳区农展馆南里 10 号　　　邮编　100125
电　　话　010－85923025（发行部）　　　010－85923091（总编室）
经　　销　全国新华书店等
印　　刷　三河市华东印刷有限公司

开　　本　710 毫米×1000 毫米　　　1/16
印　　张　10.5
字　　数　127 千字
版　　次　2024 年 1 月第 1 版第 1 次印刷
定　　价　58.00 元

# 目录

# 楔　子

江宁织造府客厅，曹頫接待了江西商人曹定达。

"大人今日为何眉头不展？"曹定达小心地询问。他与曹頫结识数年，两人相互视为知己。

"你今天来得正好。"曹頫愁容满面地说，"我正有事与你商量。"

"大人请讲。"曹定达心中有些忐忑，几年来从未见曹頫这般忧愁模样。

"贤弟啊，我父曹寅，小时进宫与先帝康熙伴读。父亲长大后，先帝委派他任江宁织造，我们家就搬到了南京。不承想后来先帝四下江南，次次都由我父亲接待。旁人看我家风光无限，实则耗费巨大，织造款项亏空不少。朝中有人上本参劾我父亲，先帝只是让我父亲慢慢弥补。但是自我父亲、兄长到我接任江宁织造，这个漏洞都未堵上。先帝崩逝后，四阿哥胤禛从十多位皇子中争得皇位，而我家却与八阿哥最好，八阿哥曾经是四阿哥最有力的竞争者，两人暗中剑拔弩张。这四阿哥雍正帝如今龙椅坐定，正在寻隙找冤家对头，苏州织造李煦和我的情况类似，日前已被革职，何况他还不像我与八阿哥有牵连。种种迹象表明，我家祸事不远了。"曹頫叹道，"我本将心向明月，奈何明月照沟渠。"

"如何应对这场祸事？"曹定达忧心忡忡地问。

"我是待宰的羔羊，抄家杀头，都有可能，这是命运，我本不惧。我现在担心的是雪芹小儿，他虽是我亡兄所生，但我待他犹如己出。雪芹自小聪慧，所读之书，过目不忘；所作之文，华丽清新。只是他生在富贵乡，不知世事艰危，难经大风大浪。现清明节将至，贤侄购货已毕要回乡祭祖，可否带上雪芹到江西，粗茶淡饭即可，再设法让他知晓一下民间的疾苦，今后若遇大的变故，不致厌世舍命。"曹頫说出心中之忧。

"你交办的事我义不容辞，但贵府之事也许不至于此，大人。"曹定达试图劝慰。

曹頫摇了摇头说："大势已定，怎能逃脱？但防患未然，总是对的，还有，我这南京曹家与你南昌曹家，二百年前，实为一家。明朝永乐年间，你的家乡南昌武阳村遭遇水患。有兄弟二人端明、端广，自武阳渡出发，溯江北上谋生，在河北丰润落户创业。后来弟弟端广独闯关外铁岭从军，终为营卫指挥使。这兄弟二人就是我们南京曹家的祖宗。我的书房里有一些史料，你等下可去看看。"

"难怪大人数年来对我另眼相看，原来有这一段因由。"曹定达点了点头。

"所以，雪芹这次去江西，既要经受磨炼，又是认祖归宗。我们还必须小心，保密，一切从简，不可让外人知道。"曹頫对曹定达寄托希望。

"大人请放心，我一定好好安排。"曹定达毫不犹豫回道。

# 奇异的旅途

"曹公子，早饭已经好了。"天刚蒙蒙亮，老船家便进船舱唤醒了曹雪芹。

随行丫鬟银荷给雪芹洗漱好，扶着雪芹走出船舱。只见甲板上摆着一张小矮桌，两只小杌。桌上放着一碗糟鲫鱼、一碟红豆乳、两个咸鸭蛋，两只青花碗里盛的是白米粥。

"家父也真是。"吃罢饭，雪芹对老船家抱怨道，"前些时日，我在北京平郡王府姑父家做客，有小厮、丫鬟多人相伴，这番倒好，眼前只有银荷一人。"

"幸好银荷姐是我最贴心的人，对我再好不过，大小事都为我尽心操持。"雪芹看着银荷说。这银荷，修长的身材着一身蛋青色衣裙，一头乌发上斜插一只描花翠凤簪，瓜子脸，玉面桃腮，齿白唇红，柳叶眉下一双水汪汪的杏眼。雪芹一时愣住，平日在家，身边人多不觉，今日单处才发现，现时的银荷，哪里还有五年前初到自己身边时面黄肌瘦、手患冻疮、衣着破旧、惊慌失措的模样。五年过去，银荷像是脱胎换骨，长成了一个漂亮的大姑娘，真是女大十八变。

银荷见雪芹看着她发愣，柔声回道："我初到你身边，你就不把我当下人看待，你求老太太为我添置新衣，又求太太请郎中为我治好手上的冻疮，好吃的东西你还偷偷为我留着，你对我这么好，我会不知报答吗?"

银荷说罢,起身将小机递给老船家说:"老伯您请坐,陪我家公子说说话。"

"还有定达叔,也不和我同行,早几天就走了。"说到这儿,雪芹颇有些气恼。

"你听我细说。"老船家在雪芹身旁坐下,缓缓说道。

老船家和曹定达是多年的朋友,曹定达第一次前往江苏做生意,坐的就是他的船。

原来,曹氏的先祖乃北宋时神武大将军、济阳王曹彬。时光荏苒,曹氏的后人现分布在山东、河北、安徽、河南等地,江西南昌县武阳镇的武阳村人,也是曹氏的一个分支。武阳村人,世代务农,此时,却出了个会经商的能人曹定达,他二十多岁就在南昌城里开了一家布行,经营布匹和绸缎。有一年在南京进货期间,他瞧见几处省份的曹氏后人,在年关时带着纱灯、贡烛等物,到江宁织造府续宗联谱。于是,他也买了礼品到曹府,初时以为难得见到织造大人,哪知曹頫亲自接见了他,两人相见,相谈甚欢,以至后来成了莫逆之交,曹頫还介绍他认识了当地有名望的商人,给他的生意带来许多帮助。

"曹老板谈起你叔父,总觉感激不尽。他对你此行的安排,自有他的道理,你不必过于抱怨。"老船家劝说雪芹。

听了老船家一席话,雪芹心里释然了许多,只是不知叔父为何从不向自己提起家史,就连这次去江西认祖,只交代一切听从定达叔的安排,不必自作主张。

客船鼓满风帆,在扬子江中逆流而上。

心情好转的曹雪芹,头戴金顶卫绒帽,身着绛红镶边衣,脚蹬一双麂皮靴立于船头。老船家见雪芹仪容俊秀,翩翩文雅,心下暗自喝彩。

眼前清澈的江水在朝阳映照下波光粼粼，金花闪烁，鸥鸟数只，贴水飞行。江岸远处，山岭含黛，灵秀朦胧。曹雪芹第一次游览长江，饱览这壮丽山河，只觉心旷神怡。

"这正应了白乐天的'日出江花红胜火，春来江水绿如蓝'。银荷，你看这江水美吗?"曹雪芹回过头微笑着问站在身后的银荷。

银荷道："你对江水会有这般联想?我可感觉不到。我十岁进曹府，之前在家时和母亲天天到江边给别人洗衣服。春天江水凉，冬日江水冰，手上的冻疮就是冬天在江边洗衣服患下的，那时看到江水心就怕，哪有一点美的感觉?"

雪芹听了，啼笑皆非，转而问老船家："老伯你天天在船上，对江水总该有感情吧?"

老船家正在收拾碗筷，听雪芹问，他古铜色的脸上微微一笑，道："曹公子，我行船三十年，夏日太阳晒得汗珠脸上挂，冬天寒风似刀割，看这江水也不觉得有什么美不美的。"

雪芹一时语塞，心想这二人的思想怎么会同自己截然不同。他叹了一口气，银荷见了，担心这痴情的公子心中不快，忙说："你不要扫兴，我来细瞧这江水到底美不美。"

银荷上前两步走到曹雪芹的身边，她向江中细瞧，努力去寻觅曹雪芹所说的江水之美。她左瞧瞧，右看看，心想这平平常常、平平淡淡的江水何美之有?船头迎水处有小小的浪花溅起，这浪花美吗?也不像。再放眼四周，却见船右十余丈开外的江中，此时忽然涌起了一片奇异的浪花，浪花之中有动物在翻腾!"那是什么东西?"她轻声喊道。

顺着银荷手指的方向，曹雪芹看见十几头通体银白色的美丽精灵，一会儿跃出水面，继而滑入水中，在江中翻腾舞蹈。

"这是鱼吗?哪里见过有这么大、这么漂亮的鱼?"雪芹瞪大眼睛说。

老船家闻声过来一瞧，惊讶道："啊呀呀，这是白豚，白鱀豚！扬子江里的珍宝。"

"白鱀豚？我怎么从来没有听说过？"雪芹很好奇。①

"你还年轻，这江中，这世上，多少奇怪有趣的事会在前面等着你去观赏。"老船家呵呵笑道。

"我小时在江边洗衣听人说过，这白鱀豚是胎生的，小豚一生下来，在水里就能追着母豚吸奶。当时心中好生奇怪，这下倒是真正看见了它们。"银荷兴奋地说。

"白鱀豚是扬子江中的稀罕之物，别的江河里绝无它的踪迹。我在这条江上行船，也是几年难得一见。你们第一次坐我的船就看到了，真是有眼福啊。"老船家微笑道。

银荷见雪芹这会儿喜笑颜开地观赏着白鱀豚，便也开开心心地相伴在雪芹的身边。

这群优雅美丽的江中女神，伴着客船，足足游了半个时辰才消失。

"碧水向东流，白鱀伴我行。"雪芹此时又发议论，"银荷，这江水之中有白鱀豚，扬子江水总该是美了吧？"

银荷笑了笑，说："你又来了，这读过书的人，见事总是多情。江水之中有这宝物，应该算是美的了。"

"要我说，"老船家插过话来，"真正美的还是人。我见你俩在船头站着，就像戏文里说的，好一对金童玉女。"

"我只是个丫鬟，老伯真会取笑人。"银荷有些羞涩。

"丫鬟又如何？是小姐的就一定漂亮？"老船家笑道，"给你们说一

---

① 白鱀豚在二十世纪中叶在长江绝种。

件好笑的事：去年有一个举家赴四川上任的官员坐了我的船，他有一个十七八岁的女儿，这女儿身材肥胖，一双眯缝的眼，两只红萝卜似的手，整天涂脂抹粉，最欢喜听官员喊她美妞。我的船工有一次听见，忍不住小声偷笑说：'美什么，还不如身边丫鬟漂亮。'那小姐耳尖，偏巧听见，立刻大哭大叫起来。那官员得知缘由，叫小姐和丫鬟站在一起，让我的船工分辨，小姐和丫鬟到底谁漂亮。我的船工害怕，一连声说：'是我眼神不好，还真的是小姐漂亮，小姐漂亮。'那小姐方才破涕为笑。这官员爱女是天性使然，只是那小姐却毫无自知之明。"

雪芹、银荷听罢，双双捧腹大笑。

"船上有银荷，江水比不过。"雪芹打趣银荷道。

"你也跟着……"银荷瞪着雪芹，佯装生气走进船舱。

银荷进船舱在一个行李箱上坐下，少女的心里泛起一阵甜蜜的波澜。作为一个卖身丫鬟，当年像一只羽毛蓬松的饥饿的小鸟，万幸落进了曹府。老夫人爱怜，小主人呵护，在善良、友爱的环境里她健康地成长起来。从今天雪芹看她时那惊喜、友爱而纯洁的目光里，她感受到了一丝丝的幸福，有一点点的陶醉。她并无奢望，只想报答，愿此生永远跟随着雪芹，幸福也好，苦难也罢，为他付出生命也在所不惜。

正遐想间，船身晃动摇摆起来，外面传来老船家的一声喊："鄱阳湖就要到了！"银荷急忙出船舱站在了曹雪芹身边扶住他。只见老船家和船工正在转动船帆，奋力摇橹。客船逆水行过奇异灵巧的石钟山旁，缓缓驰进了烟波浩渺的鄱阳湖。

鄱湖辽阔，匡庐秀美。"我见青山多妩媚，料青山见我应如是。"曹雪芹口里念叨着辛弃疾的名句，心中十分舒畅。他贪看景色，任凭银荷几次催促，都不肯回船舱歇息，银荷着急，叫来了老船家，两人正要劝说雪芹，雪芹却又兴奋地叫了起来："你们快来看，快来看！又见奇怪的事了。"

只见船头刚才平静的湖面，现在正翻波激浪，几十头黑黝黝的东西，向着客船在欢腾跳跃，跃出水面时，雪芹看见它们都面露着迷人的微笑，像是在欢迎着他。

"这叫江豚，俗称江猪，和白鱀豚一样是胎生的。"老船家指着船前这群翻腾的江豚说，"你们看，这江豚的头，活脱脱就像一张笑眯眯的娃娃脸，多么讨人喜欢。它们是江湖中的珍宝，鄱阳湖、洞庭湖里常见它们的踪影，如有渔民误捕，都会立即放回水中。公子啊，你这一天中连遇白鱀豚和江猪，这也是世间少有的事。江湖上流传这样一句话：'若遇江猪，长寿幸福；看到白鱀，大吉大利。'"

"听老伯所言真让人高兴。"银荷欣喜道。

"它们也许知道我是江西的后人，故而欢迎我。"雪芹打趣道。他初入江西，就对这块神奇之地充满爱恋。

这群江豚欢腾一阵，转过身又向前方游去，像是在给客船带路。

# 缺字的门联

章江门濒临赣江。章江门码头是南昌府通往外省的水运枢纽，码头边千帆林立，码头上人流如织、挑夫如蚁。

太阳已西斜，曹定达伫立于章江门码头，已有半日时间。

按照他和老船家的约定，曹雪芹所坐之船应该在今日抵达。

定达心中五味杂陈。预料中的江宁织造府的灾难迟早都要发生，曹頫和八阿哥要好得罪雍正虽是主因，可另一个因素也不容忽视。他听说雍正曾明言："满洲里有一善人，汉军内亦有一善人，朕必先用满洲人。"这已然表露了他满汉一体政策的虚伪，更何况曹頫还有亏空织造款的把柄。可灾难发生的时段怎能料断，这时候将少年雪芹邀至江西，他和曹頫的目的是保护和磨炼雪芹，此后，倘若曹府事态严重，就让雪芹在江西居住。江西是个鱼米之乡，自己又有实力，武阳村曹家庄上的太公，也是个有见识有智慧的仁慈长者，收留一个曹大人的公子不是难事，但这些话都不能向曹雪芹说，倘若老天开眼，他们家侥幸能躲过这一劫，自己岂不是无事生非。

他非常喜欢雪芹，为雪芹的姿容和聪慧，且雪芹也不嫌自己是平民，不多的见面总是叔叔长叔叔短地称呼自己。这次雪芹来赣，我不会给他最好的待遇，反而要让他吃一些苦，以使他逐渐地能适应将来生活的变化。想到这里，定达心中隐隐作痛。曹雪芹啊，曹雪芹，一个嘴衔金汤匙长大的公子哥，却丝毫不知自家的前途充满着风险。

一盏挂着"曹"字灯笼的客船驰进了码头。

"他们来了。"曹定达对身边两个布行里的伙计说，三人匆匆赶到船边，接过船家放下的跳板，上了船，曹定达和老船家打过招呼后，一把抱住雪芹道，"等了半天，终于把你等到了。"

"叔叔辛苦了。"雪芹略显腼腆地说，"我这次到江西，全靠叔叔费心。"

定达放开雪芹道："公子，这次你到江西，虽说是拜祭先祖，我和你叔父的意思，主要是想让你看到，这里有块可为你避风挡雨、让你安身养命之所。"

"好，好。"雪芹口中应答，心里却不以为意，"难道这里会比我家好？"

见雪芹淡然，定达心中叹气，却不便多说，转身对老船家拱了拱手："老朋友辛苦了。"

"你我相交十年，为你做事，虽苦也是甜的。"老船家真诚回道。

"你这次回南京，一定要多去那个地方看看，有事可速来讯。"曹定达向老船家眨了眨眼睛，说道。老船家会意，点了点头，他明白那个地方是指江宁织造府。

曹定达和老船家聊了一阵，相互告别。银荷背着包裹，伙计挑着行李，定达牵着雪芹的手离船上岸。

定达在码头等了半日，口渴思饮，遂邀雪芹进路旁一家新开张的茶馆喝茶。

茶馆门前站立着好些人，这些人正对着门联在指指点点，曹雪芹上前细看门联，原来是门联上被挖空一字："舟行□里终靠岸，客到码头却思茶。"

"你这门联为何少一字？"进得茶馆坐下，曹雪芹好奇地问茶博士。

直接写在门框上的对联常有，在门框上挖空一字的门联他可是第一次见到。

瘦瘦的茶博士戴着眼镜，一副乡间学究模样。他一边给客人沏茶、上点心，一边说："我有意在上联缺一字，是为助客雅兴。所缺一字为'万''千''百'三字之一，我制了三块字板放在柜台上，客人可任选一字放在门联缺字处，要是字板选得不对，自然合不上门联；若选对了，字板和门联浑然一体，我就免客人茶水费用。有一条规则——参与者必须是过往的外地客。"

定达闻言，心念一动，他想看看少年曹雪芹的学识，是否有如曹大人所夸赞的那样聪明有智慧，便指着曹雪芹对茶博士说："这位公子可是个实实在在的外地客，可否让他上去一试？"

"刚才我已听出公子的外省口音，他当然有资格。"茶博士点头应允。

"你能行吗？"银荷眼瞅雪芹问，她生怕雪芹出丑。

"银荷你不用担心。定达叔，这件事儿倒新鲜，那我就试试看。"雪芹对曹定达说。

"我知道你有才华，但也不能粗心大意，这'万''千''百'三字，看似简单平常，要合这茶馆老板之意，还须得细心揣摩。"定达对雪芹叮咛道。

茶博士见雪芹年少，不以为意道："这位小哥年轻，填不对字也不打紧。我这茶馆开张两日来，有十个外乡客试着填字没有一个填对，更可笑的是今天上午来了一个外地秀才，费了半日工夫琢磨还是选错了字，窘得他满脸通红，连连敲着自己的头。"

雪芹见茶博士对自己有藐视之意，心中气恼，霍地站起身来，缓步走到柜台前。他从柜台上拿起三块字板观瞧，右手取出"万"字板微笑着对茶博士道："这个'万'字好，万里行船，有气魄！"

茶博士见曹雪芹拿着万字板夸赞，不禁心中窃喜：哈，这几天，这些敢参与填字游戏的外地客琢磨来琢磨去都对万字情有独钟，可最终都无一例外折戟沉沙。看来这个公子也难逃失算的下场。

茶博士笑意盈盈对曹雪芹问道："就选它了？"

曹雪芹抬头见这茶博士满脸的轻松，他便轻轻将万字板放回到柜台上，对着茶博士摇了摇头。曹雪芹是何等聪明的人呵，他的家庭富裕非凡，外人和他说话多是对自己的喜欢和奉承，从来不必去揣摩他人的用意，可今天的环境不同，自己是真正地踏入社会，就是游戏也不能丢人现眼！他见茶博士面容轻松有洋洋得意之色，便认定这万字板万万不能取，万万不能要。

曹雪芹放下了万字板，接着从柜台上拿起千字板，他又看了一眼茶博士，见茶博士脸色紧张凝重起来，心中便有点数了。他转身微笑着问银荷："银荷姐，你觉得这个千字合适啵？"

银荷见曹雪芹问她，不禁吓了一跳，她红着脸说："我有几斤几两你还不知道？别逗我了，你自己拿好主意就行。"

既然排除了万字，剩下千和百二选一，好像压力轻了，曹雪芹心里反而有些紧张，就怕越简单越出错。他停顿一会，竟然发觉手心微微有些出汗。

"是呀，他一个女孩子懂什么，公子你快选呵，还有一个百字板呢。"茶博士有点着急地说。

曹雪芹见茶博士点名百字板，他便拿起百字板说："内河行船百里蛮恰当的哦！"

茶博士点头说："任凭公子下决心。"

曹定达在茶桌边急了赶忙说："这个'百'字格局太小，要不得。"

茶博士扭头一句："你没有资格！"

曹雪芹哈哈一笑道："我的事情我做主，不受任何人影响。我估计许多人都选万字，多大气啊，可我偏偏选千字板，中庸之道啊，不知对也不对。"说完拿着千字板就朝门前走去。

茶博士大为骇异，慌忙搬来一张木凳放在门联前，扶着雪芹站在木凳上，只见雪芹将手中的字板对着门联空白处用力一按，只听"啪嗒"一声，字板严丝合缝嵌入门联中，围观的众人纷纷鼓掌欢笑。

"哎呀呀，了不起，没想到这位少年公子如此聪明。"茶博士扶着雪芹下来，他连声感叹，转头对定达道，"你这桌茶水、点心费用全免，另赠送糯米菜团一盒。"

"你小本生意，挣钱不易，我们不要你免单。只是这填字游戏，一时可用，不应长久，倘若令人难堪，就违背了做生意的宗旨。"曹定达对茶博士说。

茶博士连连点头："说得对，说得好，谢谢您的教诲。"他请定达和雪芹坐回茶桌旁，见几个茶客跟着过来还在夸赞雪芹，便也竖起大拇指对雪芹说："你是少年俊才，我是班门弄斧。我以为自己读过几天书就心高气傲，出这缺字门联便有卖弄学识之意。今日惭愧，惭愧了哇。"茶客们听了都哈哈大笑起来。

"公子今日光临茶馆，小小年纪，才华展露，是我这茶馆的福气。这些点心，是我的一点心意，请公子和贵客们慢慢享用。"为雪芹的才华和定达的为人所折服，茶博士端来一碟精美糕点特意摆放在雪芹面前。

"为何你选'千'字？"喝完茶出门，定达轻声向雪芹问道。

"其实'万''千''百'三字都可用，这粗俗的门联，唯有'千'字，'舟行千里终靠岸'，朗朗上口，才合这茶博士的心意。他休想难倒我。"雪芹初露锋芒，口气有些得意。

"这个茶馆老板，小瞧我家公子，结果自讨没趣，真是井底什么……"银荷接嘴，却一时说不出下文。

"井底之蛙。"雪芹嗔笑道。

"你们俩这一唱一和的。"定达有些不悦，"要知道山外有山，人外有人，碰巧猜对了，就翘尾巴。想这茶馆老板，设此游戏揽客，新奇独特，在生意场上还是有可取之处的。"

"叔叔批评得是。"雪芹红了脸，连忙认错。

# 有灵魂的滕王阁

进了城门，雪芹见城墙左边搭着一溜长棚，里面摆放着木头、毛竹、帆布、渔网等物，想必都是码头船舶所需之物。长棚尽头，兀现一座红色雄伟的楼阁，雪芹不由得停下了脚步。

"这是江南有名的三楼之一滕王阁。你如有兴致，可进去一观。"定达微笑着对雪芹道。

"好极了，叔叔带我去。"雪芹心下欢喜。滕王阁闻名遐迩，今日幸得一见。

一行人来到滕王阁前，只见阁楼高耸，飞檐碧瓦，雕梁画栋，气派非凡。阁楼的左处栽有数行杨柳，几只黄鹂立在枝间啼鸣；阁楼的右边又有桃树，红艳艳的桃花吐露着芳香。雪芹心想，光看外表，就知这滕王阁名胜古迹真非浪得虚名。

滕王阁是上下两层。进了阁楼，雪芹见迎面墙上镶嵌着一块大红木板，木板上刻着王勃的《滕王阁序》。曹雪芹喜出望外，往日只听人说这是美文，自己却从未见过，这番得见真是幸运。他整衣肃立，一字一句朗读起来。

曹定达见曹雪芹立在滕王阁序前轻声诵读心中有些感概，忽然想起以前和夫人一道来滕王阁时，自己看到墙上的滕王阁序时只是走马观花，和大多数游客一样只想登楼看风景，但他的夫人却在滕王阁序前停留了很长的时间，回家后还查找书籍去了解滕王阁和王勃的历史。

"读过书的人就是不一样。"他心里说。

曹定达瞧见雪芹的认真劲儿只好和银荷一道陪在雪芹的身旁，两个伙计没有进门，伴着曹雪芹的行李，坐在外面的石凳上休息。

"真是字字珠玑，句句令人回味，写下如此美文，王勃真是天才！"读完滕王阁序，曹雪芹由衷赞叹："这华丽的辞藻，漂亮的骈文真是千古第一。细细数来，光文中的典故就有四十六个，王勃的这个知识储备量可非同一般。"

曹定达见曹雪芹这般感慨就说："茫茫人海之中，难得出现一个天才，公子你自小聪明智慧，卓尔不群，将来说不定就能胜过王勃！"

曹雪芹听了笑道："叔叔，胜不胜过王勃我不知道，但起码有一点，我生来不自卑！"

"有气魄！"曹定达说："好，我们议论到此，还是上楼去吧。"

待到楼上，见有游客二三十人，有的在观赏景色，有的坐在八仙桌旁喝茶。

曹雪芹凭栏观望，只见晚霞璀璨，天空宛如一匹巨大的红彩绸缎。眼前赣水如蓝，远处西山叠翠，一行大雁鸣叫着从天空飞过，构成一幅动感画面。

见此美景，少年雪芹意气勃发，不禁朗声道："'落霞与孤鹜齐飞，秋水共长天一色。'今日虽无孤鹜，却有雁阵一行，亦是佳景不输往日。"

身旁一位手执折扇，四十开外的游客闻言，面露惊讶之色，走过来对雪芹道："听公子吟哦，在下心中甚是惊喜，公子见景生情，妙语顿出，亦是文才不输王勃。"

"前辈过奖，我是信口而出，怎能与王勃比肩。"雪芹回道。

"长江后浪推前浪，世上新人超旧人，公子不必谦虚。和公子探讨一个问题：这滕王阁自唐代建立以来，几立几废，而世人皆知滕王阁，这是为何？"

雪芹想了想说："依我之见，当在世存《滕王阁序》。滕王阁的精髓就在《滕王阁序》，王勃的《滕王阁序》就是滕王阁的灵魂。"

"好，好！公子见识不凡，日后必将大有作为。"中年游客赞道。

曹定达也开心，自己来过滕王阁数次却从未悟出过它的精妙，今日却被曹雪芹一语中的。

见雪芹面露喜色，定达徐徐开言道："谢谢这位兄台对我侄儿的夸奖，只是人的命运实难预料。就说这王勃吧，七八岁即可赋诗作对，确是一位天才神童，然而他却因戏著《檄英王鸡》而被逐出王府。其父王福畤受牵累，被朝廷贬至交趾为官，这交趾，远在广西之南，是个偏远荒蛮之地，王福畤的处境甚是凄凉。王勃心中不安，千里探父，途经南昌时写下这传世之作《滕王阁序》，谁料想他离开南昌不久便溺水身亡。可见这天才之人，如果锋芒太过，就可能害家害己。他的不幸，皆由戏著《檄英王鸡》而起。"

曹定达的一席话，说得众人默默无语。雪芹不由得心生伤感，面有悲戚之色，想王勃这天才之人，怎么落得如此下场，不由得叹道："这王勃啊，要是不戏著《檄英王鸡》，只留《滕王阁序》该多好。"

银荷见雪芹伤怀，顾不得身份插言道："我们公子前程好着呢，昨日在船上，他看见了江里的白鱀豚和江豚，老船家说平常之人是难见到的，见到的人一定会大富大贵、大吉大利的。"

中年游客亦对定达说:"为人处世,也不必太过悲观,凭我直觉,你家公子将来定会鹏程万里。"

定达心中苦涩,却仍面呈笑容道:"但愿如你所言。"

离了滕王阁,定达带着雪芹前往自己的居所。

# 霞　姑

　　曹定达的住所在东湖边上的百花洲，女主人徐霞姑领着两个丫鬟打开院门迎接雪芹。

　　霞姑三十多岁，鹅蛋脸上一双凤眼，皮肤白皙，体态丰满。见了雪芹，笑脸相迎道："欢迎公子光临寒舍，公子一路舟车劳顿，快请进屋歇息。"

　　雪芹走进院子，见过道两旁有梨树、李树、枇杷树、玉兰树，玉兰树上的花儿洁白晶莹；墙脚一带，又种着玫瑰、牡丹、美人蕉，一片郁郁葱葱。

　　"院中景色真好，花香也袭人。"雪芹赞道。

　　"此处号称百花洲，家家都种植花草树木，你若是夏天来，打开后门，东湖水面碧波荡漾，有莲处荷花盛开，又是一幅别样景象。'杭州西湖世间少，南昌东湖可比拟。'"

　　"姊姊是个才女？"雪芹见霞姑出语不俗，惊讶问道。

　　"我家夫人是举人之后。"霞姑身旁的一个丫鬟说。

　　到客厅放下行李，定达吩咐厨子做饭，丫鬟泡茶。雪芹坐下，面向霞姑问道："姊姊有才华，小时在何处上学？平日都读哪些书？"

　　霞姑微笑答道："我就没有进过学堂，只是我父亲生在城北十里外的徐村，此村学风甚好，有抚州小临川之称，历代屡出举人。我父亲中举后，就搬到城里的孺子路居住。父亲在我四岁时，有空就教我识字、背诗，耳濡目染，浅学薄识，仅此而已。"

银荷在雪芹身边几年，闲暇时也跟着雪芹识得几个字，想起曹定达刚才在滕王阁上谈古论今，以为定达也出身书香门第，不觉脱口道："我猜叔叔的父亲也是举人、秀才吧？"

定达闻言，哈哈一笑道："银荷你可猜错了，我的父亲就是乡下一个目不识丁的农民。"

定达看着霞姑，深情说道："我的一点学识，都是夫人教的；我的一点事业，也是夫人相助成就的。"

雪芹来了兴趣："叔叔快说给我们听听。"

"此事说来话长。"定达呷了一口茶，清了清嗓子。

"雪芹公子年少，你就不要说了。"霞姑起身，欲制止定达。

"你对我的恩情，我从未对外人说起，雪芹公子是曹大人的儿子，也算是我们的亲人，让他听听没有坏处，今日就让我一吐为快。"

定达上前，扶着霞姑坐下，向众人娓娓谈起二十年前的往事。

那是一个炎炎夏日的中午，十六岁刚进城在布店做学徒的曹定达搬完几匹布，正站在柜台后擦汗。此时门前进来两个和他年纪相仿的少女，其中一个鹅蛋脸的少女说要买几块绣花布，店主正巧回家吃饭去了，定达只好上前为她挑选、扯布，忙了一会儿，货银两清，两少女正要离开时，店主回来了，问定达卖何价钱，定达如实回答，不料店主忽然生气，指着定达连声骂："你笨得要死，真是傻瓜一个。"

定达低头回应："我是照您定的价卖的。"

店主责备道："这各色小块布料，费你多少工，伤我大块料，你就不知加价？"

"平日我见您卖的就是这个价。"定达分辩道。

"找我的都是熟客，她们不是。你这样不懂事，罚你中午没有饭吃，除非你让她们加钱。"

鹅蛋脸少女听见，心中不忿，指着店主说："你敢加价，我就告官！"

"姑娘你可把我吓住了。"布店老板阴阳怪气道，"你好大的口气，好大的胆量，我教徒弟做生意，官府难道还会判我有错？"

鹅蛋脸少女听了怒气顿生，拉着女伴就要走："我们去告状！"她的女伴是个斯斯文文的姑娘，这时也忍不住指着店主说："你可知她是谁？她的父亲是南昌城里有名的举人徐天远，现在福建做官，他和南昌知府可是好朋友。"

布店老板听了吓了一跳，浑身打了一个哆嗦，立刻换上笑脸说："姑娘何必为这点小事去官府，大热天的，你们还是早些回家吧。"曹定达也说："姑娘快回吧，我少吃餐饭也饿不死。"鹅蛋脸少女定睛看着定达说："你这人怎么这样老实，这样忠厚，我还没有见过你这样的人。我一走你就要饿一餐饭，怎能为我的事让你遭罪，还是给你加一点钱吧。"

定达摇了摇头说："货钱两清，哪有再加钱之理，姑娘快请回去。"气得店主口中呼气，他不敢对少女使性，就对着定达大声说："你还不快去仓库整理货物！"

鹅蛋脸少女见定达受委屈，还要饿着肚子干活，心中不忍，出门买来几个大肉包子，气昂昂走进布店仓库，店主见了，也不敢吱声。鹅蛋脸少女将肉包递到定达手上，柔声说道："快把它吃了吧。"

定达红着脸接过包子，心中感激却不知如何开口，鹅蛋脸少女的女伴见了就微笑着对定达说："你想知道她的名字是吧，告诉你，她叫徐霞姑，能文会诗，聪明伶俐，心肠又是一等的善良。"

就这样，定达和霞姑相识了。此后霞姑经常来布店看望定达，初时是同情和怜悯，天长日久，两人萌生爱意。两年后，霞姑变卖自身所有的首饰，又央求父亲拿出一些钱，帮助曹定达自立门户，开了一家属于自己的布店。两年过去，曹定达诚实的经营作风为他赢得了良好的口碑和广泛的客源，生意渐入佳境。又过去两年，定达与霞姑成婚。婚后，霞姑见定达的文化水平太低，便教定达识字读书，又请来先生每晚给定达上课。三年过去，曹定达的学识大有长进，言谈举止焕然一新，生意上愈做愈顺，越来越火，布店也扩大为绸缎布料商行。他走出江西，涉足江、浙、京城，成了同行业中的翘楚。有了经济实力，他依照霞姑的意愿，在风景如画的百花洲买下了这所漂亮的房子。

"霞姑婶旺夫！"听罢定达的叙述，银荷不禁感慨道。

"世上又添一段美丽佳话，霞姑婶是七仙女下凡。"雪芹说。

"我们曹老板现在是要风得风，要雨得雨，财源滚滚，一帆风顺。"一个布行的伙计讨好地说。

"你不要为我瞎吹捧。"定达截住伙计的话头，"且不说生意场上风云莫测，就天灾人祸，也不知何时降临，和我们布行同一条街的珠宝店黄老板，两个月前去云南进了一批玉石，回来途中货被匪人抢光，人也被打伤了，前几日见到我唉声叹气。我现时好像光彩，内心却如履薄冰。"

"好了，话说到这儿，大家肚子也该饿了，请客人吃饭吧。"霞姑招呼众人在餐桌前坐下。

银荷见桌上摆着一盘烧鹅、一道清蒸鳜鱼和几样家常菜蔬，心中嘀咕："雪芹和自己，定达、霞姑并三个子女，加上两个布行的伙计，桌上这些菜，十来个人够吃吗？"

霞姑吩咐丫鬟抱来一坛酒打开后微微笑道："这是我和丫鬟去年初冬摘的桂花酿成的桂花酒，这酒香甜又不伤胃，梅香丫头你给每人先倒上一杯。"

银荷在一旁感叹说道："婶婶真是贤惠又能干。"

定达起身举起手中杯对雪芹道："简单的家常菜，为公子接风，干杯！"

雪芹也起身举着酒杯说："为叔叔婶婶的奇遇良缘，干杯！"

霞姑给雪芹夹了一块鹅腿，银荷给雪芹夹了一块鱼，大家斯斯文文地动起了筷子，但不多时，就见两个布行伙计狼吞虎咽，大吃大嚼起来。

果不出银荷所料，不多时桌上菜肴所剩无几，银荷再想为雪芹夹鱼时，盘中只剩鱼骨头，心下不免有些失望。

霞姑见了，心中后悔不该听定达的话把晚餐弄得如此简单，却也没想到定达会带两个伙计来吃饭，站起身急唤丫鬟去后园菜地剪几把春韭炒蛋，摘一些菜柳素炒，总算避免了尴尬场面。

霞姑对雪芹道："今日仓促简单，明日中午，请公子上时鲜楼酒家补过。"

定达却毫不在意地说："明天是清明节，我和公子要去武阳村祭祖。再说这世上多少人家无隔夜粮，我们有饭吃就不错了。"

"也罢，容公子从武阳村回来再说。公子请随我来，看看给你准备的房间。"霞姑说着，引着雪芹来到了一间整洁的房里，这里有新桌新椅，一张雕花嵌画的宁波床上铺着绸缎面新被。银荷见了，十分满意，对雪芹道："你住了几晚船舱，今夜可以好好睡一觉。"

霞姑又对银荷道："你的房间在隔壁。"

这下银荷急了，对霞姑说："公子在家从未单独睡过，请婶婶在这房内加一张小床，晚上我好照应公子。"

霞姑一声叹息："你真是个忠心的人。"正要吩咐丫鬟搬床过来，哪知定达不允，定达沉下脸来对银荷道："公子已不是小孩，理应让他单独睡，难不成你一辈子与他同睡一房？从今日起，就让公子锻炼生活自理能力。"

雪芹点头称是。见银荷委屈，霞姑劝慰她："银荷，你不要难过，时日一长，你自会理解我家老爷心意的。"

安顿已毕，入睡尚早。银荷不放心雪芹，推开雪芹的房门，见雪芹正坐在桌前看书，心中一酸，叫一声"公子"。

雪芹见银荷进来，高兴地走过去拉着银荷的手坐在床边。

"定达叔对你不好。"银荷轻声说。

雪芹抚摸着银荷的头发，幽幽地说道："我知道你护我，心疼我，但叔叔的话也有道理，我确实不是小孩子了，你看，我现在长得比你还高呢。"雪芹拉着银荷站起身比了一下。

银荷莞尔一笑，又说："你刚才肯定没有吃饱，在我们家，从来就没有盘干碗净的时候。"

雪芹道："你这一说，我还真想再吃点东西，我们现在就出去找点吃的，顺便看看南昌的夜景吧。"

二人出房门，找到定达和霞姑，说他们想出去逛逛。

见定达同意，霞姑叫来一个和银荷年龄相仿的丫头，吩咐道："梅香，你带公子出去转转就回来。"

梅香应声，带着雪芹、银荷出门，三人沿着一泓碧水的东湖岸边缓缓而行。夜幕中，仍可见垂柳细枝飘动，又听湖中鱼儿喋喋声。信步穿过水观音亭，迈上状元桥，见桥下支着两盏灯，有人在叫卖小吃。

摊主是个油光满面的中年人，见雪芹三人走近，他"哗啦啦"翻炒着锅中的螺蛳，口中吆喝着："米粉、螺蛳、甜酒酿，味道不好不要钱！"

雪芹在摊前小桌边坐下，对摊主道："各样来三份尝尝。"摊主笑呵呵，片刻间将食物端上桌。

炒米粉里有肉丝、豆芽、红椒丝和葱段，油光色彩中透着香味，雪芹食欲顿开，吃了不少。

"这酒真甜。"雪芹喝了一口酒酿，赞道。他见梅香津津有味地吸着螺蛳，也拿起一只螺蛳在嘴里一吸，却"哇"的一声吐掉，连声道："太辣！太辣！"

摊主哈哈一笑，递给雪芹几支牙签："你怕辣，就用牙签挑出螺蛳肉吃。"雪芹摆手不要，将面前的这盘螺蛳递给梅香："你厉害，全给你。"

三个人嘻嘻哈哈吃了一会儿，银荷结账，三人起身回家。

路上，银荷问雪芹："你可吃饱了？"

雪芹拍拍肚子说："一盘炒粉都快吃光了，又喝了半碗甜酒，早就饱了。"

银荷又问梅香："你们家平日不让人吃饱饭？"

梅香轻声说："平素我们家里哪会有这等事。不知为何，今日早上夫人吩咐厨房多准备吃的，但老爷却不让多做。"

"我就说叔叔对我家公子不好，在滕王阁扫我家公子兴，晚上又不让人吃饱，还让公子单睡一房。"银荷抱怨道。

雪芹急忙拦住银荷："你可不要乱说。"

梅香说："我看主要是那两个伙计吃得太多，就像饿鬼投胎，又像猪八戒转世一般。"

梅香说得雪芹笑了，银荷也笑道："你真会为你家主子分辩。"

# 曹家庄祭祖议政

次日一早，一辆马车载着定达、雪芹和银荷三人，在中午时分来到了武阳村曹家庄。

在曹家祠堂前，定达领着雪芹见了族长曹太公。太公年过古稀，胡须皆白，目光却有神，声音又洪亮。见雪芹是一个风度翩翩的少年公子，心下十分欢喜。太公拉着雪芹的手，慈爱地说："难得公子到此，添我武阳曹庄光辉，老夫心中万分欢喜。"

曹雪芹道："我来之前，叔父对我说，这南昌武阳曹家，乃是我南京曹家的发源地。到了这里，就是到了老家。太公高兴，我更高兴。"

"好孩子，真会说话，看我曹庄少年中人，谁人能比。"太公感慨地说。太公幼时上过私塾，后又做过秀才，虽是庄户人家，言谈举止却甚是得体。

曹雪芹奉叔父之命给曹家祠堂献上白银二十两，又在太公准备好的黄色条幅上写下"祝南昌武阳曹家枝繁叶茂、兴旺发达"几个大字。字体工整、柔中带刚。太公称赞："少年俊才，少年俊才！真是我曹氏之福。"

一阵鞭炮声响过后，太公领着雪芹进了曹家祠堂。祠堂内设两排长桌，后排桌上摆的是先祖、菩萨和众罗汉坐像，其中有一座少年坐像，油漆光亮，像是新制的，在其他旧像中非常显眼。前排桌上放着供品和曹家族谱。

祭典开始。太公朗读祭词，又率众向着神明和先祖下跪、磕头，而后，家有添丁的，一个一个署名上谱。曹雪芹好奇又兴奋，这样的祭典仪式，他可是头一次见到。

待到仪式完毕，祠堂门前已摆好了酒席。

太公、定达、雪芹并庄上的几位长者坐上了首席。雪芹要银荷坐在自己身旁，银荷知礼，瞅见众多酒桌上并无一个妇女，她便不肯坐，只在雪芹的身边站着。

"你们来了，我这里的规矩也要破一回。"太公对银荷说道。太公从定达那里知道银荷是雪芹贴心的丫鬟，于是再三劝说，银荷才红着脸在雪芹身旁坐下。

乡间宴席，无非鱼肉。雪芹喝了半碗米酒，吃了几块鱼便放下了筷子。

"雪芹公子吃不惯我们这里的菜，这怎么办？"太公向着定达问。定达思忖一会儿，站起身就朝厨房处走去，不多时，他笑吟吟地端来一盘菜肴，把它放在了雪芹的面前。

"这是藜蒿炒腊肉。你尝尝好不好吃？"定达指着菜说。

雪芹看这盘菜辣椒鲜红、藜蒿嫩绿，他夹了几根藜蒿到嘴，只觉满口清香，连声说："好吃、好吃，这色香味样样不差。"

这一桌上的人都笑了，太公这才满意地舒了口气。

"这藜蒿是鄱阳湖边草，配上腊肉、辣椒和韭菜一炒，它就是个宝，真是一点不假。这个菜算得上是南昌的一道时令佳肴，我们也就只有这个菜对你的胃口，你喜欢吃就多吃一点。"定达对雪芹道。

"定达走南闯北，见识就比我们多。"曹太公正在夸奖曹定达，忽见一紫面青衫汉把担着的、用红布包扎着坛口的两坛酒放下，走到太公身边对他拱手微笑。太公抬头瞧见，不由得哈哈笑道："朱老弟，你今天怎么有空来看我？"

紫面汉道："听说贵庄来了贵客，我特来见识拜访。又担来两坛江西特产樟树镇产的四特酒给你们助兴。"

太公忙拉紫面汉入席，指着雪芹对他说："你想见的人，就是这位公子。他是江宁织造曹大人的公子，是奉叔父之命来我庄上寻根祭祖的，那条幅上的字就是他写的，你看功力如何？"

"写得端庄大气。你不讲的话，谁人能料是这位少年公子所为，真真难得。"紫面汉点头赞许。

太公又对雪芹道："公子，这位是我邻村的朋友，姓朱名无志，小我三十岁。他饱读诗书、满腹才华却从不去参加科考，是个怪人。开一个酒坊为生，和我多有交往。"

说到这儿，太公喊来侄儿曹海，让曹海带人将四特酒坛打开给众人分享，一时间祠堂前到处飘散着清冽的酒香。

"从未听说你们和朝廷的达官贵人有联系。"朱无志落座后一脸疑惑地问太公。

太公道："明朝永乐年间，我们庄上遭遇水灾，村民的生活陷入困境，有兄弟二人携家人乘船北上，在河北丰润落户垦殖。此后不久，弟弟曹端广又独奔关外铁岭从军，他苦练杀敌本领，在保卫铁岭的战斗中三箭破敌，被提拔为营卫指挥使。他的后人曹世选在明末时被清兵俘虏为奴，却与旗主的儿女建立了深厚的情谊，曹世选后来在征战中立下功绩，为清廷重用。"

"汉人帮满人，那不是和吴三桂一样？"朱无志有些不悦道。

"朱老弟悄声，不要口无遮拦。"曹太公将手中的筷子在桌上顿了顿说，"我曹氏兄弟俩离开武阳，是为生计和发展。吴三桂的事在后多年。"

"区区几十万满人，今天竟然成了我泱泱中华的统治者。"朱无志依然有怨气。

"这件事可能就是你一生不解的心结。"太公语重心长地对朱无志说，"你姓朱，对朱氏明朝有特殊的感情，这我可以理解，但你想想，明朝末年，朝廷昏庸，官员腐败，苛捐杂税害得百姓民不聊生，以致匪盗蜂起，战乱不止，它的灭亡，也是必然。（'中国'的概念是在 1912 年提出的，上古时代'中国'指黄河流域。）如今朝廷，甚是聪明，他们吸取汉民族文化精髓治理国家，康熙皇帝在位六十一年，外抗强敌、内平三藩、爱惜农商、发展经济。国力日渐强盛，疆土不断扩展，如今以一个强国之态出现在世界东方。今日我朝，外邦不敢小觑，四方皆来朝贺。百姓逢盛世安居乐业，我们应该为之高兴才是。"

朱无志听罢太公这番长论，眉头渐渐舒展，脸上怨气慢慢消失，手撑额头沉思不语。太公拍了拍朱无志的肩头说："你若还是解不开心结，现在我和公子要去武阳渡，你也同去，听我和定达讲两个武阳渡与我们曹氏有关的故事，看能否释你心中的疑团。"

这一桌子的人纷纷起身离席，跟随太公来到离村不远的武阳渡口。

武阳渡口前，抚河江水滔滔，奔流不息，渡口后面重峦叠嶂，地势险要。相传唐时武阳郡公韦丹治水路过此地，见两岸民众涉水艰难，始安舟设渡，后人思其功德，遂称此渡为武阳渡。太公捋须缓缓说道："武阳渡历史上发生过许多事情，当年朱元璋大战陈友谅时曾调兵二十万在此设置屏障。这些暂且不提，我和定达要讲的故事都和我们曹氏有关，和武阳渡有关。第一个故事由我来讲。"

# 元将星夜劝降

第一个故事发生在南宋末年的南昌府曹家巷。

这一天夜晚，顺化门曹家巷曹善翁居所的书房一直亮着烛光。曹善翁不时地叹息，好友文天祥的来信使他忧虑不安。曹善翁的父亲是南昌知府，善翁二十岁就考中进士，之后，他被朝廷授予大理寺卿一职，任职不到两年，他因看不惯朝廷昏庸腐败，又天性耿直，常为百姓仗言，于是屡遭朝廷打压，遂愤而辞官回到故里南昌。一次他沿抚河逆水而上，发现东岸有辟邪里和武阳两个村庄。村巷绿树掩映，小溪边野花盛开，景色十分秀丽，且村人忠厚朴实，即心生在此隐居之意。刚才接到文天祥的来信称元军南侵，势如破竹，请求善翁出山助朝廷抗元。他并不同情朝廷，只担心百姓在强敌入侵后会招致苦难，担忧好友文天祥的安危，身为南宋宰相的文天祥手中没有一支像样的军队，敌我力量悬殊，结果必然是凶多吉少。曹善翁时年四十，方脸白面，浓眉下坚毅的目光里透着智慧。他提笔正要给文天祥回信，忽然大门外传来叩门声，他和小厮曹云出来打开大门，却见到两个陌生人立于门前。见善翁出来，两人当中一个身材修长的汉子对着他抱拳相问："请问这是曹善翁的家吗？"

善翁有些诧异道："在下正是曹善翁，二位与我素昧平生，缘何星夜到访？"

"请借宝宅内说话。"身材修长的汉子拉着善翁的手就朝屋里走。身后跟着一个貌似张飞的壮汉,这二人的年纪也都在四十上下。

到了客厅,善翁招呼两人坐下,小厮曹云赶忙上茶。

"我是元将伯颜,这位是副帅史天泽。"身材修长的伯颜自我介绍后指了指那个壮汉,又说,"我们是军人,说话开门见山,直来直去,但所说之言还望阁下仔细听好。"

"将军有话请讲。"善翁见眼前的这两个人是名闻江南的元军将帅,心中慌乱过后很快平静下来。

伯颜和颜悦色道:"久闻善翁兄贤才,看不惯朝廷腐败,愤而辞官居此,又仰慕你先祖高德,几代人在宋朝都有很高的政治和社会地位,你的父亲曹孝庆现在还是隆兴南昌知府兼转运使,故我二人特地星夜拜访,务请阁下认清当前的形势,弃宋事元。一者你曹氏仍可高官在位,二来可免百姓兵火之灾。"说完,他从怀中取出十锭黄金和一块玉璧放在桌上,微微一笑道,"这是见面礼,请善翁兄笑纳。"

面对灿灿闪亮的黄金和晶莹剔透的玉璧,善翁视而不见,心如止水,淡然回道:"如此重礼,我实难承受,还请将军收回。"

"我二人慕名而来,岂能空手见面,何况有求于你,就算交个朋友,也是人之常情。"伯颜仍然是笑容可掬。

善翁摆了摆手,说:"我现在是一介平民,早已不问政事,二位将军错爱了。这些东西我实实承受不起,务望将军收回。"

伯颜见善翁毫不动心,脸上笑容消失,不悦地说道:"我元军攻占临安已有多日,我二人不领大军,只带亲兵数骑来到隆兴城外,便装徒步进城,一心一意,满怀希望,好不容易找到你,你就这样待我?"

曹善翁摇了摇头,说:"此事关乎我的名节,此礼断然不可接受,还请二位将军谅解。"这是他做人的原则。

坐在一旁的史天泽一直用傲慢的目光盯着曹善翁，离开临安前，他听从伯颜的献策，以为此行必然成功，不费一兵一卒可取隆兴。此时见善翁丝毫不为财宝所动，他恼怒地站起身，解下腰间的佩刀，"啪"的一下放到桌上，面露杀气地说："自我师南下，从未闻有发一镞驰一骑以当我者。你曹善翁就有王勃之才，诸葛亮之谋，亦不能以一隅与我相抗！以卵击石的下场你不可不知！智者因祸而福，转败为功，将来可怀通侯之印，享乔松之寿，难道不好吗？不然的话，大军进逼，玉石俱碎，此不异于乌集于枯，燕巢于幕？岂不悲也！存之安危，在你一念之间！"

曹善翁冷笑道："你今日逼我，我誓不俱生，现在就死在你的刀下，看我会不会眨一下眼睛！"他两眼直视着史天泽，没有一丝胆怯。史天泽怒视着曹善翁，双目圆睁，额头上青筋暴起，拳头紧握，咯咯作响。这二人僵持一阵，客厅里的空气仿佛一点就要爆炸。

伯颜见曹善翁傲然挺立，神气凛然，便走过来劝："善翁兄，你为何执迷不悟？大丈夫能屈能伸，你何必去为一个连自己也厌恶的朝廷殉葬？你是个博学聪明之人，难道连这一点都看不透？凡事都是可以变通的。"

"我却实实变通不了。"善翁不假思索道。

伯颜又劝："人生苦短，如白驹过隙。有道是识时务者为俊杰，你再仔细想一想，不要一条道走到黑，给自己带来灾祸。"

"伯颜将军不要再劝我，我是宋人，终不肯弃宋为你们做元官。"曹善翁斩钉截铁，不留余地地说。

伯颜闻言，一时怔住无语。

史天泽见此，反倒敬佩曹善翁，他松开拳头，感叹道："你这人，我佩服。宋朝不重用你，他们真是瞎了眼，但我们的话还望你三思，你若改变主意，随时可来找我们。"

善翁收起桌子上的物品还给史天泽、伯颜说："二位将军屈尊前来舍下说我，亦可见你们的心智和胸怀非常人。但二位却错看了我，以致辛苦白跑了一趟，请饮酒一碗，就此别过。曹云，你快取酒拿碗来。"

小厮曹云只有十来岁，刚才站在门边目睹了书房内火爆的场面已是吓得四肢颤抖。他颤颤巍巍抱来一坛酒，又拿来两个碗放在桌上，一时半会儿却打不开坛口。善翁见状，不动声色走上前剥开坛口，将酒倒满两碗递与史天泽、伯颜。

史天泽、伯颜接过酒一饮而尽，相视苦笑，拱手告别善翁，无可奈何地离去。

"那个黑胖子好凶哦，他还想杀你，你怎么不怕他？"关上大门，曹云呼了一口气，心有余悸地说。

"做人要有骨气，一个民族要有气节，有这两股气在，就不会畏惧生死！"善翁拍了拍曹云的肩头说。

伯颜和史天泽走后，善翁知省城非久居之地。过了些天便携家眷迁居城南四十里的辟邪里，后又居武阳村，隐姓埋名，布衣黔首，过起了平凡的耕读生活。曹善翁著有诗书于世，留有吟诗厅、苦竹庵等文化遗迹。善翁将殁时作歌曰："登高山兮崔崔，望故宫兮离离！月乎经天，乌阳迭微。嗟，嗟！天实为之兮，吾将安归？"族谱有文记载："不畏强势，不食元粟，忠义孝友，媲美夷齐。"他活了一百零六岁，子孙繁衍，曹善翁就成了武阳曹家的始祖。

# 古渡口兄弟北上

　　曹善翁隐居的武阳村风景虽好，却并非天堂。明永乐二年（1404）正月初四，南昌地区罕降大雷雨。雷电交加，暴雨倾盆，接连十日，淫雨不止。江水漫过堤岸，大片田地被淹，大面积房屋倒塌，灾民四处逃生。武阳村虽然地势较高也被淹没了一半以上的田地，村庄亦有几户人家进了水。就这样的光景，仍有四处的灾民牵牛担被来到武阳村避难。曹善翁的后人有曹端可、曹端明、曹端广三兄弟，他们心存善念，腾出所有能住人的房间安置灾民。

　　数日之后，洪水渐渐退去，被淹没的田地慢慢露出水面，由于曹端可三兄弟的田地低洼，仍是汪洋一片，曹端可心情烦乱，晚上便叫来两个弟弟商量。

　　曹端可："大水淹了我们家二十多亩水田，听老人们讲过很早的时候有一年发大水退得慢半年没有收获，这可怎么办？"

　　曹端明："人斗不过天，只能听天由命啊。"

　　曹端广只有十七岁，不像二位兄长有家室牵累，忽然就插话道："树挪死，人挪活，我们要不要考虑离开此地去北方谋生？"

　　曹端可惊讶地看了看小弟端广，他和端广相差二十多岁，父亲去世后是他和母亲左氏像宝贝一样照顾他长大，让他念书，很少让他干农活。他却喜读《三国演义》和《隋唐演义》，羡慕书中的英雄豪杰。真奇怪他小小年纪怎会有这种大胆奇怪的想法。

曹端广："大哥不要这样子看我，我只是听书上讲过的，树挪死，人挪活。二哥你说说，我有这样的想法对还是不对？"

曹端明小时候也念过书，眼界也开阔一点，他思量一会儿，便拍了拍手说："我赞同端广的意见。"

曹端可没念过书，他只喜欢跟着大人种田种地，他对土地有着深厚的感情，要他外出奔波闯荡他可办不到，更何况家中还有卧病在床的老母左氏需要照顾。

三兄弟商量许久决定留下老大端可，由老二端明携带老三端广北上谋生。

早春二月的一天，三兄弟一早来到武阳渡口。两艘洗刷一新的竹篷船在靠岸等候，船主老白、老杨帮着端明、端广往船上搬运物品。

见天空中一群鸿雁向北飞去，为兄弟送行的端可顿时热泪盈眶，叮嘱端明无论在何处落脚，都要和他联络。端明含着泪，点头答应。见端明就要动身上船，端可忽然从怀里掏出一只红木小盒交到端明手上说："这是父亲临终前传下的一点财产，交代我说非常之时才可用，现在你们二人北上前路莫测正用得上。"

端明打开盒子一瞧，见里面装的是整整十两黄金！他吃了一惊说："母亲有病，你一家六口负担又重，这都需要用钱，这些金子你还是留在家中以备不时之需。"便要将木盒交还给端可。

端可使劲挡住端明的手，缓缓说道："在家千日好，出外半步难，所谓穷家富路，有点钱底气就壮，说不准就能为你的创业打下基础。至于我，你们就放心，我们祖上有德，给我们留下了房屋和田地，家里的用度我还是可以支撑的。""大哥年已四十，我和端广还年轻，这些东西还请哥哥留下。"端明仍不愿收下木盒。

"你不收下，就是不认我这个大哥！"曹端可生气跺脚。端明见端可如此，急忙拉过端广，俩人双双朝端可跪下，端明流着眼泪说："大哥，我们收下了，你在家一定要好好保重！"

曹端明连忙扶起二人，洒泪道："快上船吧，祝愿你们前程似锦！"

他们三兄弟人缘好，近日得知消息的邻里辟邪伍氏、骆氏、李氏及下街的杨氏数百人在渡口鸣放爆竹相送。在一片祝福声中，端明端广就此踏上了艰辛的北上之途。

迎着朝阳，两只竹篷船溯江北上。前头的那条船舱里，坐着端明夫妻、八岁的女儿曹兰，还有一岁多的小儿子曹杰，家中细软都在船上。后一只船中，船舱外站着端广和侄子曹英，船舱里放着一些生活用具。这两人都是十七岁，正值青春年华，第一次背井离乡，虽不知将在何处扎根，但内心都对未来充满向往。

"端广，你看，这外面的世界真精彩！"曹英虽然是侄子，年纪却比端广大两个月，所以他从不叫端广"叔叔"，一直直呼其名。曹英抬头仰望天空的云卷云舒，又指着两岸如画的江山赞叹。

端广见曹英脸上不时挂着笑容，就问他："我相别大哥心里不乐，你这么高兴是为什么？"

曹英说："我想我们出来是对的，不要说逃水灾，就说村里的人口年年在增加，土地就那么多，生活的压力越来越大。我们这番出来，一定要开创出一片崭新的天地。"

"你的理想是什么？"端广问他。

曹英神采飞扬，动情描绘未来："我的理想是能拥有一个大大的庄园，最好百亩以上。庄园里长着茂盛的庄稼，绿油油的蔬菜，还种着很多果树，春天里繁花盛开，秋日时果实挂满枝头。哦，还要有一个大池塘，水上游着鹅鸭，水下有很多鱼儿，那样的日子该有多美呀！"曹英陶醉在幻想中，口中喃喃说道。

"你这是在做白日梦。"船尾摇桨的老杨听了多时，忍不住就插过话来。

"杨大叔，你可不要小瞧了曹英，他有梦想，就有动力去奋斗，古人说'有志者事竟成'。一个没有理想的人，一辈子只能过着平凡的生活。"端广对老杨说。

"我就是个没有志气的平凡人。"老杨自嘲着说，"我在家就等着听他的好消息。"

"有一天你会听到的！"曹英握紧拳头，自信地说，他转而问端广，"你的理想是什么？"

"我的愿望是做一个指挥千军万马的将军。保国守土，建功立业！"端广声音洪亮，挥手指向远方。

老杨听了，见端广的野心更大，心中不服，却不再张口。眼见船儿驰近康山，忽然心生一念，他指着湖岸边的一处山峦对端广说："你既想当将军，必定喜好军事，我且问你，你可知在康山，历史上发生过什么战事？"

"你难不倒我。"端广平素喜好读书，对战史尤感兴趣，他扫了老杨一眼说，"康山是朱元璋与陈友谅鄱阳湖大战十八年转败为胜之地，是两军战争非常关键的转折点。当年两军在鄱阳湖大战，陈友谅先胜数局，朱元璋退守南昌，陈友谅继而发六十万大兵追击。朱元璋派得力干将坚守南昌四座城门，又从信州调兵二十万扼守战事要地武阳渡，堵截陈友谅南逃。接着双方又在鄱阳湖展开激战，陈友谅凭借强大的水师连获三胜且大杀俘虏，以致赣抚大地血流成河，尸横遍野。朱元璋兵败康山，广纳将士意见，谋陈军船大笨拙的弱点，采用火药纸船进行火攻，引起陈军大船一片火海，终于转败为胜。这康山就是朱元璋赢得这场战役的关键点。老杨，你说对不对？"

"我只听人讲过朱元璋和陈友谅在康山打过仗，哪像你知道得这么细。你这后生还真有两下子。"老杨以前只听说朱元璋和陈友谅在康山打过仗，至于战争的起因、过程和结果，他是讲不清、道不明的。现在听端广侃侃而谈，心中惊讶佩服，不禁对年轻的端广刮目相看。

竹篷船在湖上行了两天。这天夜幕降临时，前面船上的端明站在船尾对后船的老杨大声说："老杨，天快黑了，我们靠岸，生火做饭歇息吧。"

后船的老杨听到，也大声回应道："再往前就是都昌，我们赶些夜路，半夜前就能到都昌码头，明天一早也好上岸买些蔬菜，你看好不好？"端明和船主老白商量，老白也说好，两天来，船上的蔬菜确实快吃光了。于是，两只船在茫茫暮色中继续前行。

# 鄱阳湖午夜惊魂

端广和曹英在船舱中闲聊，船外桨声欸乃，咿咿呀呀像支催眠曲，两人都困了，打开铺盖睡下。

刚睡下不久，端广突然被老杨拍醒，只听老杨惊慌地低声喊："你们快起来，快起来，外面来了水贼！"端广、曹英急忙爬起身向外张望，果然看到一只小舢板船在后面向他们快速追来。舢板小艇上有四个蒙面人，他们短桨击水，动作一致，瞬间就靠上了竹篷船，舢板船上有三个人起身一跃就跳上了竹篷船。

"你们都不许动！把身上、船上值钱的东西都交出来，不然的话，就要你们的命！"一个蒙面水贼手执一把雪亮的钢刀朝船上的三个人喝道。

"大、大、大爷，我们是逃水灾的穷人，哪来值、值、值钱的东西。"老杨浑身颤抖，说话哆哆嗦嗦，他听人说过近来鄱阳湖上有水贼，不料今天真给碰上了，他双腿一软跪下朝水贼磕头，"你们行行好，放、放、放过我们这些可怜人吧。"

"你骗我，就是找死！"为首的水贼一把抓住老杨的衣领把他拎了起来，明晃晃雪亮的一把钢刀就架在老杨的脖子上。

"不信的话，你们可以搜我们的身！"端广忽然大声喊叫。他知道这条船上的东西都不值钱，贵重物品和钱财都在前面兄长的船上。他大声说话就是想提醒前面船上的端明，让端明早做预防。端广虽然年轻，胸中城府可不浅。

"搜就搜。"水贼头目指挥同伙搜查端广三人的身。端广、曹英身上是不带一个铜板的，水贼只从老杨身上搜到半两碎银。"呸，穷光蛋！"一个水贼扯下蒙面布朝老杨吐了口唾沫，两个水贼又进船舱搜查，船舱里放着几个木箱，还有一些锅碗瓢盆、案板菜刀等杂物，打开木箱，见里面都是些衣服被褥，还有一只木箱里塞满着书籍，胡乱翻找一阵，哪有一点儿金银细软。

"里面都是些不值钱的破烂儿，还有一箱破书，真好笑，乡巴佬还读书，今天真是晦气！"两个水贼出舱向头目报告。

"船舱里面有书？那他们就不是一般的种田人。你们不见前面还有一只船吗？那条船上肯定有金银。我们快点追上去！"贼首吆喝同伙上了舢板。舢板小船又快速向着端明的船追去。

"我们快快赶上哥哥的船！"端广吩咐惊魂未定的老杨摇桨，又叫曹英摇橹，自己也拿起一根长竹篙撑船。

前船的端明和老白此时已知后船发生的事情。船老大老白见过世面，比较沉着，他手握长竹篙，让端明拿着船桨，说："贼人的舢板一靠近，我们就打他们、推开他们，一定不能让舢板靠上我们的船。"两人都做好了准备。

眼见舢板小船追来，不等他们靠近，老白和端明就挥动竹篙和船桨朝水贼击打。水贼只有短刀短桨，无法靠近竹篷船，只得在舢板上叫喊威吓。

不多时，端广的船也追了上来。端广手握长篙，挺立船头，威风凛凛真像个将军，只听他大声喝道："你们这些强盗，万恶滔天，今日就要让你们知道作恶的下场！"他举起长篙朝舢板上的贼人打去，立刻就有一个贼人被击中头部，伏在舢板上哀号。端广又叫曹英、老杨拿着锅盆炉灶朝舢板上掷去，一时间，舢板上的贼人被打得鬼哭狼嚎。

舢板上的贼首摇摇晃晃地站了起来，他捂着流血的头大声喊："你们不要打了，我们认栽，我们这就回去！"端广见机会来了，朝着他用竹篙猛力一戳，贼首立刻翻身落水。老白在另一边瞅准时机用竹篙朝舢板一侧用力戳去，舢板即刻倾翻。四个贼人留下一具尸体，余下三人拼命划水向湖岸游去。

"这下好了，危难过去了。"见两只竹篷船靠在了一起，端明擦着额头上的冷汗对老白和老杨说，"多亏二位出力化险为夷，真的要感谢你们。"

老白还在喘气，刚才戳翻舢板的那一篙着实用尽了他的气力。歇了片刻，老白指着端广对端明说："你休要夸我们，你这兄弟真是厉害，他一篙就打中了一个贼人的头，贼人的气焰瞬间就下去了。"

老杨想起自己先时的胆小慌乱，看到端广的镇定和勇敢，也竖起大拇指对端广说："端广端广，遇事不慌，竹篙一挥，贼人胆丧。"这话听着像顺口溜，是他对端广的真心赞扬。

端广摇摇手说："这是我们大家齐心协力的结果。我看老白就很了不起，他和我哥哥两人对付四个水贼毫不手软，老白最后一篙戳翻舢板，他的功劳第一。"老白听了，心想这孩子不但勇敢，还很谦虚，又有智慧，若不是先前他在后船大声说话提醒了他和端明，事情的结果可能不一样，这孩子将来的前途不可限量。

大家商量，还是继续前行。不多时就到了百舸汇集的都昌码头。饭是做不成了，铁锅炉灶、案板菜刀都让曹英打贼时抛掷一尽。

"上岸找家客栈吃饭歇息，明天添置东西再走。"端明招呼众人上岸，找到一家客栈住下。

# 都昌之夜

端广吃罢饭正要上床睡觉，忽听隔壁传来嫂嫂的哭喊声："杰儿，杰儿，你怎么啦？你快醒醒啊。"他连忙和曹英来到兄长的房间探视，见嫂嫂正抱着小杰在啼哭。端明见他二人进来就说："小杰这两天受了风寒，今天夜里又受到惊吓，刚才忽然发起了高烧昏迷不醒，得赶快找个郎中给他治病。"

三个人急急忙忙找到客栈老板，客栈老板听了也很上心，说客栈旁边就住着一个姓魏的郎中，医术颇佳。

客栈老板带着他们敲开魏郎中的家门，郎中的老婆出来说："老魏昨天下午被樊村的樊老汉叫走，到现在还没有回来。"

"这可怎么办？"端明急得直跺脚。

"樊村离这里远吗？"端广问郎中老婆。

"倒不是很远，有四五里地吧。只是现在半夜三更的，那条路又不好走，不能等到天亮吗？"魏郎中老婆说。

"我的侄子只有一岁多，现在发着高烧，不省人事，十分危险，还请大娘想法找人。"

"哦，是这样，那还真的不能拖延耽搁。"郎中老婆也着急起来，她进房喊起十来岁的儿子，吩咐道，"你认识樊村那个有哮喘病的樊老头家，你现在领他们去樊村寻你爹回来救人。这死鬼，定是在人家家里喝醉了。"

魏郎中的儿子打着哈欠，接过母亲递给他的一盏灯笼，领着端广、曹英朝樊村而去。端明回客栈等候。

去樊村的路不好走，要经过一处小山冈，冈上这段路坑坑洼洼，高低不平。三个人磕磕绊绊赶到樊村寻到樊老汉家，魏郎中果然在人家床上呼呼大睡。樊老汉是个老哮喘病患者，近来吃了魏郎中新配置的中药，哮喘病好了许多，他一高兴，就请魏郎中来家里喝酒，魏郎中贪杯喝醉了就睡在樊老汉家里。

魏郎中被儿子喊醒坐了起来，问明情况，对端广说："小孩得病确实危险，只是我现在头脑昏昏沉沉走不得路怎么办？"

端广听了，背转身在床前蹲下，说："这好办，我来背你。"曹英在一旁相帮，端广把魏郎中背起就走。

魏郎中是个矮胖子，端广背着他还挺费劲。爬上那处山冈，汗水已沾湿内衣，两条腿也酸痛起来，他大口喘着气。曹英见了就说："换我来背吧。"端广就把魏郎中交给曹英背着。

曹英和端广个头差不多高，他的力气却没有端广大。下山冈时一不小心踩在一个路坑中，人站不住，身子向前扑倒在地，他背上的魏郎中就骨碌碌向坡下滚去。曹英慌忙爬起就追，哪里追得上。魏郎中像个肉球滚到前面儿子脚前，儿子机灵，丢下手中的灯笼，蹲下身就把父亲挡住。

魏郎中趔趔趄趄从地上爬起，嘴里哼哼唧唧。端广连忙扶住他问伤着了没有，魏郎中出了一口长气说没事。这一摔跤把他吓出了一身冷汗，头也不昏了，人也清醒了。他拍了拍身上的泥土，对端广说："我好了，头不昏了，可以自己走了。"

扔在地上的灯笼已经烧毁，端广和曹英一左一右搀着魏郎中，四个人摸黑来到客栈。端明连忙将魏郎中请到房间。魏郎中见小杰小脸通红，摸一摸他的额头滚烫，手脚不时地抽搐，忙从怀中掏出一只小盒打开，取出一根银针在小杰的人中穴位扎进，又在小杰左手的四个指尖上也扎上四针，过了一会儿，小杰便不抽搐了，魏郎中又叫儿子从家里取来药箱，拿出一小包药粉化水给小杰服下，待到天明，小杰的高烧已退，大家悬着的心这才放下。

在都昌停歇了两日，端明见小杰的病完全好了，他酬谢了魏郎中，带着一家人上船继续前行。到了湖口，老白、老杨向端明告别，这是事先说好的，竹篷船小，他们不过长江。

端明端广过了长江继续北上，旱路水路时而交替。一家人走走停停看看，努力寻找合适的安身之所，免不了风餐露宿。有一天上午，行走在安徽与河南相交的荒野道上时，所雇的马车木轮子坏了，马车夫卸下轮子背在身上说要去找木匠修理。这段路前不着村后不落店，中午时忽然下了一场雨，一家人无处躲藏，端明从车上取来一张草席，和端广、曹英一道举着，为妻子、小杰和曹兰遮风挡雨。过了好一阵雨才停下，端明三人都成了落汤鸡。待马车夫修好车轮子回来时已是日落西山，端明一家人在道上又冷又饿，困苦了一天。一日，来到河北丰润，他们看到县府衙门前贴有告示说：丰润县境因过去兵燹频仍，近来旱灾连年，人口流失，以致人烟稀少，大片田地荒芜无主。县府派人丈量登记，现在以很低的价格出让以鼓励有志之人在此落户垦殖。端明很是心动，就和家人商议，全家一致赞同，于是就在丰润落户扎根。算一算从武阳渡出发，百艰备尝，路上走了整整三十六天。

# 开创新天地

　　曹端明在丰润倾尽家资购得田地五十顷，拿到地契的那一天，端明满脸笑容地领着全家来到属于自己的田地前，这可把曹英乐坏了，老家的二十亩水田和眼前这广阔的土地相比就像小猫和老虎，自己可以在这里大展拳脚，实现自己梦寐以求的愿望。只见他捡起地上的一根枯树枝便在广阔的田地里奔跑，他开心地翻了一个跟头，等翻到第二个跟头时没翻好，四脚朝天摔在地上，惹得小杰哈哈大笑跌坐在地上。

　　端明又建房屋一所。也是他们运气好，这一年河北一带雨水丰足，大地转绿，旱象解除。一家人起早贪黑在田地里辛勤劳作，当年庄稼就获得了丰收。

　　端明开心，自以为站稳了脚跟，日子一天会比一天好，却不想考验即将到来。开春耕地后播下种子以为有点雨水就能出苗，怎料半个月无一丝雨水落下。好在田边有一处洼地尚有尺把深的积水可用，三个人赶紧担水浇地。过了几天洼地见底，又急急忙忙请人打了一口井，忙了二十多天总算保住了一半的田地幼苗。

　　炎热的夏天骄阳似火，端明三个人每天担水抗旱，期望这一担担的水可以浇灌这大块的庄稼地。这天下午，曹英在井口摇辘轳提水，端明端广担水浇地。曹英奋力摇啊摇，累得汗湿衣衫、喉咙冒烟，他在水桶中喝了一口水："真痛快！"他长舒了一口气，想接着再喝却犹豫起来。

"快喝呀，我要担走了。"端广站在旁边催促。

"走吧，担走吧，我少喝一口水能救地里一棵苗。"端广听他说这句话心酸不已，他摇了摇头忍着泪水挑起水桶快步走开。

太阳快落山了，夕阳下三个疲惫的人依然在劳作。曹英费了全身的力气摇上水桶忽然大哭起来，端明端广急忙跑过来，只见曹英指着水桶哭喊："全是泥巴，井水干了!"端明端广探头一看，果然是一桶的泥浆。端明呆呆地站在一旁不说话，倒是端广轻声说："事已至此，我们回家吧。"

三个人垂头丧气回到家里，杨氏连忙端出饭菜招呼三人吃好。端广、曹英早早睡下。

"老天真不开眼。"晚上端明拿把椅子坐在院子里，接过妻子杨氏递来的一支竹烟枪忧愁满面，"已经有一个月没下雨了，井水也已用干，再这样下去连已出苗的庄稼都难保住，这样下去可怎么得了?"

杨氏站在丈夫身后为他揉肩，摸着端明红肿的肩头心痛不已。在老家武阳，端明小时念过私塾，长到十三岁才下地务农，老大端可重活累活一力承担，总让端明干些轻活。十六岁与她成婚那晚，当她被端明揭开罩在头上的红布时，她惊喜地看到眼前站立的新郎是一个白白净净、长相英俊的青年，当时她的心中就如同灌满了蜜糖，而今的端明面色憔悴，身心疲惫，怎让她不难过?她轻声安慰丈夫："天无绝人之路，我感觉今日傍晚天气异常闷热，厨房屋角的地面有点返潮，小杰养的几条小鱼泥鳅都浮到水面呼吸，好像有一场大雨要下。"

"你一个妇道人家会知气象?如果今晚有雨，我给你磕三个响头。"端明对妻子苦笑道。哪知他的话音刚落，抬头见天空中乌云骤起，伴随着一阵狂风吹来，电闪雷鸣接踵而至。不多时，豆大的雨点啪嗒嗒洒落下来。端明跳起身来，扔掉手中的烟袋，惊喜的他一把抱起惊愕的妻子朝她脸上连亲两口，哈哈大笑道："你是孔明、刘伯温？能知天地风云。老天真是开眼啦！"

"我是凭感觉随口说的，不值得你夸奖。快放开我，要让孩子们看到你好意思？雨下大了我们快进屋去。"杨氏笑着挣开端明的拥抱快步跑进屋里。

"老天有眼，庄稼有救啦！"兴奋的端明冒着雨在院子来回走着，他举着双手，不停地开心呼喊。杨氏在门内瞅着，不由得眼圈红了，和端明结婚二十年，从未见过端明如此疯狂。

忽然端明进屋，推开端广和曹英的房间把两个睡得雷声也惊不醒的年轻人叫了起来："下大雨了，你们拿着铁锹和我到庄稼地去看看。"

杨氏急忙去找蓑衣，只找到两件。见妻子还要找，端明说："不用找了，这两件蓑衣给端广和曹英穿，我反正身上湿了，穿不穿都一样。"端明说着就冒雨出了门。杨氏连忙抓起一顶草帽交给曹英："快追上你爹给他戴上，总比光头淋雨好。"

端明三人深一脚浅一脚地来到庄稼地时，雨势已渐渐小了，他们惊喜地发现那处洼地已被这场豪雨注满。溢出的雨水还在低矮的田地上冲出了一条水沟，水哗哗地流向远方那条时常干涸的小河。

端明急忙向水沟奔去，见水流走，他非常心痛，来不及多想就一屁股坐进水沟里挡住水流，朝着端广曹英叫喊："你们快铲土把我身后的水沟填上，我们不能让水白白流走！"

端广和曹英用力铲土填沟，踩实又加高。看着兄长坐在水沟里一身的泥浆，端广热泪盈眶，他弯下腰一把将端明抱出水沟说："大自然真残酷！不下雨我们累死，这下了雨吧你一身脏死。"

端明瞧了瞧水沟已被堵得结结实实，他舒了一口气，看着端广缓声说："大自然是残酷，常常逼着我们与它抗争，可大自然也给予我们恩赐，你瞧这场大雨来得多及时，它将保证我们今年仍然可以获得好收成。只要我们肯下苦功。"

此后几天，这父子兄弟便将庄稼已旱死的另一半田地重新翻耕。播种小麦玉米已错过了时间，怎么办呢？正发愁时小路过来一辆马车，车主是个五十岁左右的老汉，只见他停下车后走过来用探询的口气向着端明三个人问道："你们这块重新翻耕的土地是不是要补种庄稼？"

端明赶忙回答："是啊，我们正不知道补种什么好呢。"

"我是培育红薯苗的，离你们这里有几十里地。前些时候我们河北旱得厉害，你们这一带尤其严重，好在前两天下了一场大雨，我就赶紧把红薯苗装了一车送到这里让大家抢种，这红薯生长快产量高，可是好多人家都因为没有钱买不起，现在就看你们要不要？"

"你们过来看看我的马车上装的是什么？"老汉领着三人来到车边，他微笑着指着车上一捆捆的植物条："知道吗，这是红薯苗藤，剪成一节一节栽插在地上就能存活，秋天就能长出大大的红薯。"

端广疑惑，问道："这东西我们怎么从来没见过？"

"你们大可放心去种。"老汉说，"这红薯是从南洋引进到福建省，后来又慢慢传到河北的，所以红薯又叫番薯，它既耐旱产量又高，传到我们这里也就十几年的光景。我开始种的时候也担心，就只种了半亩地，到秋天看收获时喜出望外，每棵红薯根下都有十来个红薯，大的有一两斤重。煮着吃、烤着吃都香甜味美又当饱。这么好的东西我第二年就开始留种推广了。"

"你说红薯先传到福建，我们和福建邻省怎么不知道？"端明问。

"哦，巧了，我们的薯种就是从你们江西赣南山区引进来的，我估计你们原来居住的地方，大概都是种水稻为主吧？"

"是的。"

"这样，如果你们不放心，又怕种不活，我不要你们现在付苗钱，等三天后我再来，薯苗存活了你们再付款。"

见薯苗老板如此诚恳，端明三人立即将薯苗从车上卸下，端明吩咐曹英回家叫来妻子和女儿小兰一起栽薯苗，他们边栽边浇水，到傍晚一车薯苗刚好栽完。

几天过后，薯苗果然生根发芽，再过一段时间，渐渐藤蔓爬满垄地，一眼望去绿油油一片。

到了秋天，长大的红薯撑开了土壤，露出一截诱人的光泽。曹英忍不住找来铁铲往红薯根下用力一铲一翻，呵，粗壮的红薯根下竟然带出七八个红薯，他揪下最大的一个红薯，拍了拍上面的泥沙。"哇，这个红薯快有两斤了吧？"他欣喜地拿着红薯朝着父亲和端广喊道。

端明拿过曹英手上的红薯掂了掂说，一斤多是有的。他也是满脸带笑，想不到第一次种红薯就有这么好的收获。一家人欢天喜地地挖薯运薯，等到十分地的红薯挖出了九成，家中院子里的红薯已堆积如山，全家人都喜笑颜开。这天中午端明全家正在吃饭，忽然出去小便的小杰咚咚咚地跑了进来喊："你们快去看呀，有好多人跑到我们红薯地里在挖我们家红薯呢！"

"这还得了，大白天敢来偷红薯！"曹英乓的一声放下饭碗就往红薯地里跑，端明和端广也跟着出了门。待到红薯地，果然见七八个衣衫破旧的妇女正拿铲在已挖过的红薯地里翻找没有挖尽的小红薯。

曹英拿过一个头戴破草帽妇女的篮子一瞧，篮子里有几个小小的红薯。他生气地喊："谁让你们来偷挖红薯的？我们报官你可要被打板子的！"

那个妇女嗫嚅道："我们可不敢偷，我们看着有人在你们挖过的地里找到了没挖尽的红薯回去吃，我们也就结伴过来了，我们这些人家都是受旱灾家里揭不开锅的苦人呵。"

"你们就做做善事吧。今年旱灾，我们王村大部分人家地里颗粒无收，到昨天为止，一个村就饿死了三个人，两个老人一个娃，"一个五十多岁的农妇流着泪把她装有几根红薯根的竹篮放在曹端明面前的地上说，"能挖到你们不要的红薯根我们拿回去煮了吃也能救命哇!"

一个十来岁面孔清瘦的小男孩挤了过来，他拿着一个有补丁的布袋，在曹英面前将布袋里的东西倒在地上，大家一看是几个鸡蛋鸽子蛋般大的红薯，只见他拿着那个鸡蛋大的红薯递给曹英说："大哥请不要为难这位大婶，我挖的这个大红薯还给你。"

曹端明见此情形，心里难过，他走到曹英身边从他手中拿过篮子交还给农妇，

"曹英你不要吓她们，就像我们老家有穷人去收割后的稻田里拾稻穗一样不犯法的。"端明平静地说道。

他看了看这几个面黄肌瘦的妇女心中有些悲伤，就对她们说你们也不要在这挖过的地里找了，半天也挖不到几个，你们去那块没挖过的地里挖吧，尽你们的篮子袋子装满拿去充饥，还有，你们回去后可以告诉那些同样揭不开锅的人让他们也来挖红薯。"

那些妇女听后欢呼着就奔向那块长着红薯的地里飞快地挖起来，不一会就篮满筐满，有的人甚至脱下长裤装着红薯套在脖子上兴高采烈地带回家。

"明天可不得了，红薯地里一个红薯也别想留。"曹英忧伤地说。

"二哥做得对，济民于难，胜造七级浮屠。"端广平静地说。

"我们下午接着挖，大约十分地就能收到九成，明天休息。"端明说。

曹英不甘心："我可不管，晚上我叫小兰帮我，总要挖两车回家。"

第二天一早，红薯地里就来了十多个人在挖红薯。到了上午，前来红薯地里的路上男女老少络绎不绝，大家欢呼雀跃地挖着红薯，大包小袋装满，人人开心而回。这个善举不知救活了多少人，以后附近的人们见到端明都称他为活菩萨。

在这艰难困苦的一年里，端明一家因顽强的意志和洒下的汗水，终于获得了好的收成。

# 曹英发奋修水塘

端明高兴，冬日里无事常常背着手在田地里转悠。当地人对他说你不要高兴得太早，这两年雨水多点，第三年必定又遭干旱，这是当地数年来的气象惯例。这话让端明心头一沉，看到那处洼地已近干涸，来年缺水的危机确确实实摆在眼前。端明回家就想，北方缺水就不能想办法解决吗？这里的冬天雪总是有的，春天冰雪融化就是水呀，春夏总有下雨的日子，不能让雨水白白流走。他思量那处洼地，如果把这块洼地挖深，建成一个水塘，不就可以解决水荒之难吗？甚至还可以种水稻！他把自己的想法和端广、曹英一说，两个人举双手赞同。

"要挖就要挖得大一点，深一些。"曹英尤为兴奋，家有五十顷田地，已经超越了他百亩庄园的梦想，现在要建一个大水塘，更是他梦寐以求的目标。

水塘动工的那天，天上飘着小雪花。端明父子、端广和请来的六个短工一早来到了洼地。

"我来挖第一铲！"曹英用铁锹挖起一块土放进土筐里，等到两只土筐装满，一个短工担起就走。想起当日在船上和端广谈起的理想，曹英浑身充满了力量，挖土时一铲一铲不停歇，挑着重担快步如风。

中午，端明的妻子杨氏挑着担子送来饭菜，大家在地里就着雪花吃饭。曹英的胃口很好，他很快地吃了两大碗饭还喝了汤，端广的第一碗饭却只吃了一半。端广见曹英把碗筷往地下一放，也不休息一下，拿起工具就又干了起来。众人见状，也纷纷加快了吃饭的速度，傍晚收工时，一个五亩面积大小的水塘已具雏形。

修建水塘是高强度的劳动。一天下来，端广感觉很疲劳，吃罢晚饭，简单洗洗，上床便睡着了。第二天一早起来，见睡在身旁的曹英不见人影。端广到院内院外找了找还是不见曹英，心想这曹英人到哪里去了？吃早饭时，端广见曹英悄悄走进厨房，端起桌上的一碗稀饭大口就喝，抓起一个馒头大口就咬，端广走到曹英身边问他："你一大早跑到哪里去了？"曹英嘴里咽着馒头，含含糊糊地说："我到工地看了一下。"端广也就没有再问。众人吃罢早饭上了工地，顶着零星小雪又劳作了一天。这天半夜时，端广起床小解回来，发现曹英的被子里没人，等了好一会儿仍不见曹英回来，就起身披衣走到院子里，数一数院子里摆放着的工具，发现土筐扁担少了一副，铁锹也少了一把。

"曹英疯了。"端广自语道。他穿好衣服打开院门朝水塘工地走去。

来到工地，一弯冷月挂在天空。月光下，只见一个孤独的人影正挑着担子，步履艰难地前行。

"曹英你真是疯了！"端广跑过去抓住曹英的扁担把他的担子放下，生气地说，"我干了两天活，手上起了泡，肩膀也疼，你就不怕累，是个铁人？"

"我不疼，也不累。端广你累了一天，快回去睡觉吧。"曹英抬手擦着额头上的汗水说。端广见他的两只手掌都包扎着布条，连忙拉起曹英的手来看，就听曹英哎哟一声叫唤："你小点力气，疼死人了。"

端广连忙松手，仔细一瞧，见曹英两只手鲜血染红了布条。看着曹英受苦疼痛，他的心也疼起来，他轻声对曹英说："你这是在拼命，没必要的。我们有这么多的人，一个冬天，还怕挖不成一个水塘？"

曹英说："现在是小寒天气，地上还没有冰冻，等到数九寒天，地上冰冻，干活就很难。想到这事我就睡不着，总想早日把水塘挖好才安心。端广，我想啊，人的一生总会遇到一次或几次幸运的机会，我们从武阳渡到丰润，算是遇着一个改变我们命运的机会，我们必须牢牢把握好，你说是不是？"曹英说完，从地上拿起扁担，担起土筐就走，脚下被土块绊了一下，人向前一冲，肩头的担子摔落下来。曹英喘了口气，拾起扁担挑着土筐继续走。

端广叹了叹气，摇了摇头，只好留下和曹英一起，一人挖土、一人挑担，两人交换着一直干到天快亮才回家。端广把这事告诉了端明，曹英被父亲好一番责怪，曹英才答应说以后不再夜里单独干活。曹英嘴上答应不加班，可每天他总是最早一个出去，最后一个收工。几天过去，曹英人也瘦了，脸也黑了，嘴角起了泡，嘴唇干裂出血。他母亲看见心疼，劝曹英要爱惜自己的身体。曹英对母亲说："年轻人干活累点没事，睡上一晚第二天起来气力不减。"

水塘挖了四十天，塘底离地面已有两人多深，水塘四周用泥土堆了一圈漂亮整齐的护坝，又用砖石砌了几个缺口以方便雨水流入，大家都说可以了。这天，凛冽的寒风呼啸着刮了起来，从坑中挑上来的湿土此时都冻成砖块一般，眼看寒潮就要到了。

回到家里，女主人已准备好了一桌酒席。端明举起酒杯向短工们致谢："在寒潮来到、大地冰冻之前，水塘得以完工，全靠你们的努力，谢谢你们。"为头的短工老高指着曹英说："是曹英舍命苦干带动了我们，这样的年轻人实在少见。你有这样的好儿子，家业必定兴旺呀！"众人站起来举杯祝贺水塘顺利完工。酒过两巡，却见曹英趴在桌子边上呼呼地响起了鼾声。"这小子累坏了。"端明说着，和端广两人一起把曹英抬到床上。曹英这一睡就睡了两天两夜。

第二年春天，冰雪消融，水塘里蓄了浅浅的一层水，春夏之交下了两场大雨，水坑便成了真正的水塘，有风吹来，泛起清波。此后三个月，天上再没有下过一滴雨，附近人家的田地里，庄稼成片地干枯焦黄，就是有井水的，也起不到多少作用，唯有端明家的田地有这一塘的清水灌溉，呈现一片绿色。这一年庄稼又获丰收，日子渐渐富裕起来。

来年春日的一个上午，端明购来一些果树苗让端广和曹英在水塘四周种下。栽完最后一棵树苗，两个人坐在水塘边休息。阳光暖洋洋地照在身上，曹英见种下的果树苗遍布水塘沿岸，放眼四周，去年栽下的杨柳已长高长大，树儿整齐排列将自家的田地围了一圈，像个有模有样的农庄！他心中暗自欢喜，伸展了一下手臂，脸上显出笑容，嘴里哼起了小调。端广见他开心就说："前年你在船上说想拥有一个百亩的庄园，里面有庄稼有树有池塘，这令你神往的理想现在已经基本实现，你心满意足了？"

曹英说："我今天又不知足，我希望再过两年能将田地扩大一倍、两倍，那时果树也长大了，池塘里养鱼放鸭，那才让人真正高兴。端广，这里的一切是我们共同拥有的，我们齐心协力，前景好着呢。"

端广凝视着前方说："我的理想你又不是不知道。"正说着，只见小杰一蹦一跳跑过来说父亲叫他俩回家。

端明在家里等着他们，见两人回来，他笑眯眯地说："是这样，现在日子好过了些，田里的活也有两个长工帮着做，生计已不成问题。我想你俩还不到二十岁，不能跟着我做一世的农民。昨天我到县城请了一位私塾先生，等一会儿就到家，你们跟着先生好生读书，将来考个功名，搏个好前程，也就能对得起我们祖宗曾经有过的辉煌。好在你们小时也念过两年书，有基础的。"

曹英听了，连连摇头说："我这么大了，还读什么书？我不想当什么官，我就愿意帮你打理好家中的田地庄园，这是我的理想。"

"你的理想不正在一一实现吗？先生等会儿就要到家，你不肯读书，叫我怎么对先生交代？"端明有些生气，曹英这个犟儿子，怎么就不理解自己的苦心安排？

"请来的先生正好可以教小杰。"曹英的脑瓜转得挺快。

"端广你呢？"端明转向端广问道。他很希望端广答应念书，那么曹英就可能改变主意。

"我明天就要去投军。"端广直愣愣地回答兄长。

"没有听到哪处军营要招兵。"端明有些惊愕。

"关外辽东铁岭卫，那里正在招兵买马。"端广道。

"你一个人就敢去辽东？"端明不由得睁大了眼睛。

"县城里有一伙经常去铁岭做骡马生意的商人，正好可以和他们同行。"其实端广早些天已经和那些商人讲好，只是一时不知如何向端明说，现在见端明问起，正好将自己的打算挑明。

"唉！"端明一下跌坐在椅子上，伤感之情涌上心头，"你们都长大了，翅膀硬了，都自有主张不听我的话了。端广你一个人去辽东铁岭，要去那么远的地方，叫我如何放得下心。"他停了一会儿又说，"端广，你我兄弟二人离开武阳，历经艰辛，好不容易在这里创下一份基业，你还是留在为兄身边，平平稳稳过日子。待过些时日给你娶个妻子，家产分你一半，可好？"

"我当兵的主意已定，请哥哥不要阻拦。"端广语气坚定。

端明万般难舍，眼中落下泪来说："你既这样说，我也不拦你了。其实，我早就听曹英说过你的志向。只是关外冬天极冷，你可要保护好自己的身体，若不适应就快回来。"端明的妻子杨氏听到端广孤身一人要去关外，吃了一惊，也走过来劝了端广多时，端广仍不改主张。

　　端广决心既定，第二天便告别端明一家进县城，会同商人一道去了关外铁岭。

　　"第一个故事讲完了。"太公讲了半天，指着定达说，"第二个故事由定达来讲，他讲的故事很长很苦也很精彩，定达在南京公子家看了史料，他最清楚。"

# 端广从军铁岭

明朝中晚期，满洲地区的女真氏族逐渐兴起，明朝政府在东北的影响力日渐缩小，为加强东北的防卫，朝廷在铁岭招兵扩充军队。

端广到军营报名，招兵的军官见他年轻体健，立即将他编册入伍。先前到达铁岭营卫的，还有新任营卫指挥使李松。

李松原来在山西带兵，打过仗，有实战经验，他为人正直，品行良好，在时下腐败风气盛行的明军里是个难得的好将官。李松在军营观察了一段时间，看到士兵消极懒惰，操练时漫不经心，单兵对抗，如同儿戏，练习射箭十之有九脱靶，心中非常生气。这样的队伍能打仗吗？恐怕临敌交战时个个缩头、人人逃跑，他气愤地想。李松生气愤怒，却不摆在脸上，他是个老练的军人，知道冰冻三尺非一日之寒，整治"沉疴"非一日之功，他不穿将军服，不带随从，不集合军队训话，沉着气继续观察。

这天一早，李松在操场练习拳脚时，看到一个士兵长时间地举着石磴锻炼气力。李松走了过去，见这个年轻的士兵每举起一次口中就报出一个数字。石磴有提手，重五六十斤，单手举起并不容易，士兵的脸上挂着汗珠。

"举了多少下？"他问那个士兵。

"左手举了四十下，右手举了五十。"年轻士兵最后一下将石磴砸在地上，喘着气回答。

"你叫什么名字？"李松问。

"我叫曹端广，刚到军营五天。咦，你是谁？我怎么没有见过你？"端广有些好奇地问。

"我姓李，是个老兵。"李松微笑着说。

"认识你真高兴，我身边的人都不愿早起，以后我有伴了。明天早上我等着你啊。"端广愉快地对李松说。

"很好，很好。我们一言为定。"李松点头答应。

第二天一早，端广果然见李松来到操场，两人招手打过招呼，便各自锻炼起来。

端广来到军营几天，见身边的士兵多为混日子的人，他可不愿随波逐流，每天早起健身，操练之余就一个人来到射箭场练习射箭，他对射箭很感兴趣，心想射箭真好，敌人还没有近身，我一箭便能将他射倒，比刀剑还管用。他给自己定下目标：一个月之内十箭必须四箭中靶，两个月之内十箭必须六箭中靶，三个月后十箭必须八箭中靶。为此，他每天有空就往射箭场跑。空阔的射箭场上，只见他一个人在射箭，拔箭，往返奔走。半个月后端广的手指便磨出了老茧。身边的士兵见他刻苦都劝他说，我们当兵吃粮，混混日子罢了，何必这样自找苦吃？端广笑笑不答，心想你们这些人，哪里知道我的抱负。

李松一直在暗中关注着端广，看到军营之中冒出一个出类拔萃的优秀士兵，心里十分宽慰。

就这样练了一个月，端广十箭能中五靶，这已超出了他的预定目标，但他并不满足，早上锻炼时对李松说自己箭术进步太慢。李松听了，便取来自己的弓箭同端广来到射箭场，先是讲了射箭的要领，又让端广看自己射箭。好个李松，端广见他弯弓搭箭，略一瞄准，手指一松，羽箭飞出，箭头便准准地射中了靶心，喜得端广大声叫好："好个李老兵，真是个神箭手，为何早不教我！"李松便将射箭要领细细地讲了一遍。

李松说："你这样喜欢射箭，我就把这副弓箭送给你，它可比你手上的弓箭好用得多。射箭的要领已对你说了，照着去做就行，你以后还是苦练苦练再苦练，功夫不负有心人，将来定能取得好成绩。"

端广高兴地接过弓箭说："李老兵，谢谢你，我一定不辜负你的期望！"

春天过去，夏日到来。这一天中午吃罢饭，端广不顾上午操练后的疲累，带上弓箭一个人又来到射箭场。他是南方人，以为东北的初夏天气热不到哪里去，所以就没有戴草帽，光着头在炎炎烈日下练习射箭，又没有一丝的风儿吹来，时间一长便满头大汗，眼睛有些酸痛，估计是有汗水渗入眼中。他用衣袖擦擦额头，使劲眨了眨眼，拿起弓箭屏住气息正要放箭，忽然间心慌眼花，人一下子跌坐在地上。是中暑了？端广心想。今天就到此为止吧，他费力地站了起来，一步步朝场边的一棵大槐树下走去，缓缓地坐在粗壮的树根上。

端广在树荫下休息了一会儿，感觉人好了一些，正思量着要回营房，忽然曹英在冷月下步履艰难挑土建水塘的场景出现在眼前。他不由得精神一振，曹英为实现他的理想能吃苦，难道我还不如他？我要想成为一个有本领的军人，将来上阵杀敌立功，眼下就当不怕苦累！端广咬了咬牙，脱下上衣卷了卷扎在额头上，又坚定地走上射箭场。这一幕情景，正好为关注他的李松所见。李松感慨之余，急忙回去取来一顶草帽扣在端广头上，又拿出一盒人丹交代端广待会儿回营房就服下。

# 李松慧眼识人

　　端广这样苦练了两个多月。李松有一天悄悄来到射箭场，见端广所射之箭，已经箭箭不离靶，心中十分高兴。

　　第二天上午，李松穿上将军服，神态威严地在操场上集合了营卫的全体官兵。端广见李松是营卫指挥使，不由得大吃一惊，原来经常和自己在一起锻炼的老兵是这里最大的官。

　　李松宣布：今天考核箭术，三箭俱中者奖银一两，三箭都射不中靶的罚军棍十下！此令一出，许多士兵心里惴惴不安，校场上一时鸦雀无声。

　　李松唤端广第一个出场。端广出列走到射箭之地，他的脸色自信而轻松，苦练后的最近十天来，他射出的箭就从未脱靶过。只见端广搭箭弯弓，屏气凝神，瞄准百步外的箭靶，手指一松，羽箭飞出，瞬间插上了靶心。两旁的士兵见了，一阵欢呼喝彩。端广接着再射两箭，又是箭箭命中靶心。校场上爆发出更大的欢呼声。

　　李松见端广要归队，又把他叫住，摘下自己的头盔让随从的士兵挂在一百二十步外的树干上，让端广对着头盔再射一箭。端广见了，心想还有这样的考法？却也不紧张。只见他再次弯弓搭箭，两只臂膀肌肉鼓起，这是他这段时间晨练的结果，他仔细瞄准，只见羽箭"嗖"的一下似流星般飞出，"当"的一声击中了头盔。这一次，校场上没有欢呼声，许多人震惊得嘴巴都合不拢。士兵跑过去取回头盔交给李松。李松见箭头插在头盔上，不但准而且狠，连铜质的头盔都射穿了。

"真是个小李广！"李松对端广拍手叫好，当即给端广赏银五两。

士兵们接着射箭，一天下来，只有三十几人领到赏银，却有五百多士兵捂着被打的屁股哭丧着脸。

队伍解散之前，李松举起拳头对大家说："我们铁岭营卫，只有千余军马，现正处在后金的虎视眈眈之中，和东北其他的几个营卫一样孤悬关外。若后金兵马进犯，朝廷派兵救援都来不及，非得自身强悍方可保铁岭之安！散漫懒惰非军人之所为，只有像曹端广那样苦练杀敌本领方可保家卫国！大家说对不对?!"

"对！"校场上千名军士齐声大喊。

如此一来，军中风气大为好转，大家都力求上进，勤学苦练杀敌本领，军纪也严明起来。

李松过了几天将端广调到骑兵队，让他学习骑术和在马上射箭的技能。他清楚曹端广这个年轻人是可造之才，必须多方面培养锻炼。

端广来到骑兵队，分配给他的坐骑是一匹高大健壮的白马，马儿欺生，端广跨上马背它便乱蹦乱跳，端广一天中也不知从马背上摔下多少回，在众骑手的哄笑中他并不气馁，拍拍身上的尘土一次又一次爬上马背。众骑兵敬佩他的毅力，也知他是要塞的神射手便不再笑他。端广虚心向老骑手学习，训练结束后也学着老骑兵的样子给马儿洗澡刷毛，又买了白马喜欢吃的豆料为它加餐。几天下来这白马瞧他的眼神就温驯亲热起来，端广驾驭它渐渐随心所欲。他苦练骑术，十多天就磨穿了两条军裤，时间不长就能在马上百步穿杨。李松又亲自向他传授如何带领骑兵作战的要领。李松年轻时曾经当过骑兵，他对骑兵在战场上的作用感受深切。他对端广说，骑兵好哇，骑兵突击性优于步兵，虽然整个军营只有一支百人骑兵队，但是他希望骑兵队能成为一只铁拳，关键时出击，给来犯之敌狠狠一击！

像是要验证李松的话，次年三月，后金发兵三千围困铁岭。李松登上城楼，见城下敌军黑压压一片，敌将海尔斯骑在一匹高头大马上耀武扬威，举刀呼喊李松投降。李松嘿嘿冷笑一声，向着身旁的端广说："养兵千日，用兵一时。现在就要真刀真枪和敌军搏杀，敌军人多势强，你有杀敌的胆量吗？"

"不瞒将军，两年前我在江西就打死过一个水寇，当下是保家卫国，我又练武多时，怎会惧怕这眼前之敌！"端广握紧拳头回答李松。

"好样的，我没有看错你！我命你率领骑兵队出战，你要发挥你射箭的特长，也要见机行事，我带兵随后杀敌！"李松招呼端广，下城组织军马迎敌。

铁岭城门一开，新任骑兵队队长曹端广带领骑兵如潮水般呼啸涌出。端广一马当先冲到后金军阵前。敌将海尔斯见状，挥刀指向端广大声喝道："你这不知生死的毛头小将，快快报上你的姓名，我海尔斯不斩无名之辈！"

端广见海尔斯骄狂，心中暗喜，立刻将刀挂在腰间，举起右手大喊："我姓曹名端广，你可听说过？"

海尔斯见端广挂刀，便放松了警惕，他招手对端广说："虽是无名小辈，只要你过来投降，我会饶你一条小命，要是你有本领，还可以升官发财！"说罢，仰起头来哈哈大笑。端广趁他说话之时已取弓搭箭，朝着海尔斯扣箭的手指一松，羽箭似流星飞去，箭头准确地插进了海尔斯的咽喉，就听海尔斯"咕噜"一声栽下马来，端广又连发两箭射倒海尔斯身后的两员偏将。端广身后的士兵大喊着奋勇上前，一阵箭矢如雨般飞向敌阵，后金人马纷纷倒地，敌军惊恐，慌乱后撤，李松率兵追杀，后金兵马大败而逃，铁岭之围遂解。

两年后，李松调任河北，他向上级保荐曹端广，曹端广即任铁岭金吾右卫指挥使，成为一名年轻的将官。他以身作则，得到营卫官兵一致拥戴，把铁岭营卫整治得固若金汤，后金军马不敢踏近一步。端广就此落户铁岭，他的子孙多为经商实业者。

# 旗主的儿女

时间到了明末的 1619 年，清太祖努尔哈赤率五万大军陷入铁岭。曹端广的后人曹世选在城破时与父母离散，不幸被俘，曹世选的父亲是商人，原本打算带家人到关内去避兵祸，尚未成行，铁岭即被围困。

曹世选被俘充军编入满清八旗之一。旗主统领泰尔达生得身材高大，膀粗腰圆，他力大无穷，年轻时进山打猎，一日里猎获两只老虎。泰尔达见曹世选是个十六七岁的小伙，生得眉清目秀，又识文断字，就留他在身边做个随从。泰尔达的妻子半个月前死了，留下个十六岁的女儿白燕和九岁的儿子小丹，小丹从小被母亲宠爱，母亲过世，小丹日夜悲伤，曹世选或可陪他。

泰尔达有一天就把曹世选带到家里对小丹说："给你找了一个哥哥来，你高兴不？"也许是缘分，此前泰尔达也带来过一个年轻的旗兵，小丹看都不愿多看人家一眼，这回见了曹世选却十分高兴，上前拉着世选就往外走，房子附近有树林，不多时，泰尔达就听到林子里传来小丹的笑声。小丹、世选回家后，泰尔达就对世选说："你不要住军营，就在我家住下吧。"女儿白燕也暗自高兴，她家虽处军营附近，却很少与人交往。如今曹世选一个英俊小伙来到她家，白燕自然欢欢喜喜为世选安排了一间睡房。

曹世选在泰尔达家住下，整日陪着小丹在林子里玩耍，两人设套套野兔，用弹弓打野鸡，即使所获甚少，小丹也很高兴，脸上的笑容渐渐代替了往日的忧伤。白燕有时也拎着篮子同他俩一起去林子里采蘑菇，见世选沉默寡言，白燕就找他说话，世选总是很少言语，白燕也不在意，她虽是个北方姑娘，长得却苗条秀丽，心细聪明，她知道曹世选的来历，理解他的心情。

就这样过了两个月。这一天晚上，世选躺在床上翻来覆去睡不着，想起城破时和父母离散，如今不知他们身在何处，不禁泪水涟涟。"我得去找他们。"他打定了主意。

世选悄悄打开大门，不料门儿"吱呀"响了一声，就听到白燕在房里问："你开门干什么？"世选轻声说："我出去方便。"随即悄悄把大门关上。

房子的后面是深山老林，林中有野兽，断然不可进去，只有出军营才有路可通四方。世选走到军营门口，两个值夜的士兵拦住他问："你出去干什么？"

"我出去给统领送信。"世选从怀中掏出一个白天悄悄制作的信函给他们看。一个士兵接过信函看了看，对另一个说他是统领的随从让他走吧，又把信函还给了世选。

世选心中暗喜，接过信函就走。行不到十步，听到另一个士兵大声喊："你给我回来，回来！哪有晚上徒步送信的道理！"吓得世选拔腿就跑，跑不多远就被士兵抓住。士兵将他双手捆了，押到统领军帐。

泰尔达听了士兵的禀报非常生气，他叫来随从哈达达，又取来两根军棍，一根交到哈达达的手上，一根交到一个押送曹世选前来的士兵手中。

泰尔达脸色铁青，朝着曹世选大喝道："你这个奴才，负我一片好心，我留你在身边做随从，半年不到就要逃跑，留你何用！"

66

泰尔达指了指哈达达和士兵："你们俩给我往死里打这个奴才，打死了拖到山沟里喂狼！"

那个手拿木棍的士兵闻言，双手举起木棍就朝曹世选的后背狠狠一击，打得曹世选踉跄两步向前。哈达达和曹世选同为统领随从，平素交往甚好，心中不忍，他装势也举起木棍朝曹世选打去，打到曹世选的身上时却收回内力，军棍只轻轻触碰到曹世选的肩膀。

泰尔达瞧见后，上前几步抢过哈达达手中的军棍，一脚踹开哈达达，他把军棍扔在另一个押送曹世选的士兵面前："换你来打，打死他有功！"

那个士兵捡起木棍就朝曹世选当头一击，打得曹世选额头皮开肉绽，鲜血淋漓，眼冒金星摔倒在地。

曹世选迷迷糊糊中只知道棍棒不停地打在身上，心想今天是死定了。忽然间好像听到了小丹的哭喊声："你们不能打他！"又感觉有一个柔软的身子伏在自己的背上。他想睁眼看，人却一下昏迷过去。

再次醒来时，世选发现他躺在自己的床上，头上还缠着纱布，床前站着白燕和小丹。

"哥哥醒了！姐姐，你看，哥哥醒了！"小丹高兴地叫着。

"阿弥陀佛！你总算活过来了。"白燕抹了一下眼中流出的泪水，见世选龇牙咧嘴想爬起身，连忙把他按住说，"你受了这么重的伤现在就想起来？你就好好躺着吧。"

"是你们俩救了我？"世选问。

"是啊，是我抱着爹爹的腿求他不要打你，是姐姐伏在你身上保护你还挨了一棍。"小丹瞪着一双天真的大眼说。

"我们俩在爹爹面前下了保证，保证你以后不会再逃，如果你逃走，就打死我和小丹，我爹才放过你，你可不要害我和小丹啊。"白燕指着自己和小丹对世选说，她见世选轻轻点了一下头，又说，"我已经熬了鸡汤等下喂你。"

过了一会儿，白燕端来一碗鸡汤，叫小丹在世选的头下再塞一个枕头，她就俯着身子一勺一勺给世选喂。

白燕给世选喂着鸡汤，离得这么近，白燕她那明媚的眼睛，高挺的鼻梁，红红的嘴唇就呈现在世选面前。她的脸儿如此俊俏，皮肤似白玉般光泽细腻。一头黑发编了几条小辫，小辫带着发香在世选的眼前不停地晃动，晃过来晃过去，晃得他心慌，晃得他迷茫，晃得他不觉身上有痛伤。

白燕见世选一直痴痴地看着自己，汤喝完了还张着嘴，心中好笑，就用汤勺敲了敲碗边说："看什么看，我有什么好看的。"说得世选不好意思赶快闭上了眼。白燕有意无意这样一说，忽然感觉自己的脸热了起来，连忙起身走开。

在白燕精心的照料下，世选几天后便能下床走动，因为没有内伤，年轻人的身体恢复得很快。

这天上午，白燕给世选拆掉头上包着的纱布，正要扶世选出门，忽然小丹手里拎着一只兔子风风火火跑了进来，兴奋地喊道："我逮住了一只兔子，一只这么肥的兔子！我们把它杀了给世选哥哥补身子。"

世选接过兔子时发现小丹的手背上有血，忙问小丹怎么回事。小丹喘着气说："昨天我在林子里下了一个套，可巧今天就套住了这只兔子。哪知在解套时它回头就咬了我一口，果然是兔子急了会咬人。"

"谁让你一个人进林子的？林子里面有老虎、黑熊，它们会咬死你的！"白燕生气地恐吓小丹。

世选把兔子交给白燕，拉过小丹的手一看伤口还不小，急忙找到一块纱布把小丹的手包扎好。"疼吗？"他问小丹。"不疼不疼，真的不疼，哥哥吃了兔子肉，身体会好得快，以后我们两人去林子，姐姐就会放心的。"天真的小丹仰起头看着世选说。说得世选一下就把小丹揽在怀里，眼中流下两行泪水。

这天晚上，泰尔达回到家中，见世选、小丹和白燕亲如兄弟姐妹，心中高兴，就问世选："今后你还会逃跑吗？"

世选说："我原先想逃，是因为我是汉人，你们是满人；现在我不想逃，是因为小丹和白燕，我不愿意他们为我而受到一点点的伤害和委屈。"

泰尔达一拍大腿说："这就对了，像是你的真心话，我高兴听，但你的话有不对的地方，什么汉人、满人，原本都是中国人，是明朝皇帝昏庸，明朝官员坏人太多，就说我满清努尔哈赤帝，却受到坏人陷害，迫不得已才兴兵反明。我们的胸怀是大的，你不知道，我们除了有满洲八旗，还有汉人旗、蒙人旗等外八旗，就说你，今后若有功劳，我满清同样会重用你。"泰尔达要世选伤好后就回大营。

小丹不同意，他不愿世选离开他。泰尔达就做了让步："那就让世选一个月在家一个月在营。小丹，你现在还小不懂事，等你长大些，你就会同意世选在军中发展的。"

# 泰尔达矛刺黑熊

泰尔达不计前嫌，过了一个月仍然把世选带回军中做自己的随从。一日中午，白燕慌慌张张跑进父亲的军帐，看到世选忙招手让他出来。

来到帐外，世选见白燕满脸惊慌就问出了什么事，白燕焦急地对他说："小丹一早偷偷出门，到现在都没回家，我在附近找了半天没找到，怕是到林子里去了，要是遇上野兽可不得了。我一个人不敢进林子，你同我一起去吧。"

世选听了也很着急，就向泰尔达的另一个随从哈达达交代了几句，和白燕一起离开了军营来到那片树林。

"小丹，小丹，你在哪里？"两个人在树林里高声呼喊。喊了一阵，不见小丹回应，白燕急得哭了起来。

"难道小丹跑进林子深处去了？这可危险了。"世选听泰尔达讲过，林子深处靠山的地方有野兽，平素少有人进。他让白燕原地等着他，自己进了密林去找。

"我同你一起去！"白燕抹着泪水，紧紧跟在世选身后，两个人朝密林里走去。

密林深处静悄悄，只有两人的呼喊声打破这里的寂静。

"姐姐，世选哥，我在这儿！"前面忽然传来小丹的声音。

"这下好了，小丹就在前面。"世选高兴地拉着白燕往前跑，不多时就看见小丹正趴在一棵树上。

"树下有一只黑瞎子！"小丹大声提醒世选。小丹是追一只被他用弹弓打伤的野鸡才跑到这里被黑熊盯上的。

世选仔细一瞧，果然见小丹树下坐着一只大黑熊，这只大黑熊仰着头挥动两只前爪，两只眼睛死死地盯着树上的小丹。

世选反手将白燕推到身后，唰地拔出腰间的钢刀。他知道黑熊的厉害，这家伙一掌就能置人于死地，可今天，他为救小丹，什么危险也不管不顾了！只听身后白燕颤抖的声音："你可千万要当心啊。"

他一步一步朝黑熊走去，他朝黑熊不断地挥动着手中雪亮的钢刀，希望这把钢刀能把黑熊吓跑。

黑熊见世选向它逼近，粗壮的身躯立刻转向世选，它站起身，瞪着两只血红的眼睛，嘴中冒着白沫朝世选低声吼叫。

"你给我滚开！"世选举着刀朝黑熊大喊一声。

"呜！"黑熊低吼着并不离去，它的吼叫声中充满狂暴的信息，让世选不由得停住了脚步。黑熊与世选相距十几步，就这样与曹世选对峙相望。

与黑熊对峙许久，世选握刀的手心出汗了，心在怦怦直跳。怎么办？黑熊不走小丹就脱不了危险，自己单身与它相搏，又不知结果如何。忽然，他看到黑熊的胸前有一块白毛，听人说过，黑熊的要害处就在那块白毛下面，那是它的心脏。豁出去了！世选毅然迈步向前走去，他要用手中的钢刀，一下刺进黑熊的心脏！

"世选你给我让开！"身后传来泰尔达的一声大喊，只见泰尔达跑到了他的前面，手握一支长矛一下准确地刺进了黑熊的心脏，哈达达和几个士兵也冲上前来朝着黑熊的头一阵狂砍，砍得黑熊皮开肉绽。泰尔达怒吼一声抽回手中长矛，就见黑熊胸前喷出一股鲜血，庞大粗壮的身躯摇晃几下，接着砰然一声倒下。

"你真敢惹事！"泰尔达见小丹从树上爬下，朝小丹的屁股上就是一脚，把他踹倒在地。白燕急忙跑过来将小丹扶起。

"你也大胆，若是你一刀扎不死那黑熊，它受了伤一掌也能把你的脑瓜拍碎！"泰尔达责备世选，他见世选面无血色，不由得长叹一口气，就拍拍世选的背说，"你这人确也难得。"

士兵砍来树枝将黑熊抬起，哈达达惊叹："好家伙，怕有三百多斤吧。"

# 白燕的心思

自黑熊事情之后，泰尔达就对曹世选另眼看待，见他身体单薄就叫他到军营里和自己一道用餐，又吩咐哈达达教他搏击和骑术。曹世选在军营半年，个头长高，脸色红润，身体渐渐强壮起来。

有一天，曹世选回到泰尔达的家取衣物，小丹和白燕见他回来欣喜不已。小丹紧紧拉着曹世选的胳膊说："哥哥你半年不回来，可想死我了。"

白燕见曹世选个子长高，显出一副英俊模样，心中欢喜却羞答答埋怨："你还知道回家呵，敢情你进了军营就把我和小丹忘了。"

曹世选笑笑说："我哪会忘了你们俩，只是这次进军营，操练呵，骑马呵，没有一点空闲时间。"

"我今天和你一起去找父亲，原来说好的你陪我，怎么就不让你回家！"小丹生气道。

"我支持你。"白燕在一旁鼓劲。

曹世选取了衣物，小丹果真跟着他进了军营。泰尔达见了小丹开心地一把将小丹抱了起来。"宝贝你怎么来了？"

小丹："你说话不算数！"

"我怎么就说话不算数了？"泰尔达摸了摸后脑勺。

"原先说好让世选哥哥陪我的，你怎么把他关在军营半年不见？"

"他是当兵的，要习操练武，我不能让别人说闲话呵！"

"我不管，你把他关在军营半年，你就要让他回家陪我半年。有半年我就够了，好不好嘛？"

泰尔达见小丹眼圈红红的，心软下来说："好吧，明天就让曹世选回家陪你半年。到时你也长大了。还要说好，这半年里军营若有事，曹世选必须随叫随到。"

于是，曹世选第二天又回到小丹和白燕的身边。有曹世选陪伴，白燕小丹都很开心。

半年时间一晃过去，小丹缠着世选还想出去玩，世选觉得不妥，他是自小读过书的人，志向高远，不愿荒废时光。有一天他对泰尔达说要教小丹识字，他自己也要看看书。泰尔达听了非常高兴，马上叫人买来许多书籍和文化用品。世选查看书籍时欣喜若狂，这些书不但有中国文化，还有世界地理知识，买书的人是哈达达，他不识字，拣着新书就买。

自此，世选每日上午教小丹识字写字，下午如饥似渴地看书。空闲时又和小丹在屋前开垦出一块菜地，两个人在菜地里播种施肥，浇水拔草捉虫，把小丹开心得不行。白燕见这二人整日在一起，把她冷落在一边，心里就有些幽怨。

自从那回世选受伤两人有过亲密接触后，世选现在对她从不多看一眼，和他说话，他也是应付一下就离开。这是为什么？想起给世选喂鸡汤时他对自己那痴痴的目光，她确信世选是喜欢她的。若说世选现在对她没有情意，也不像，每当自己要挑水劈柴做点力气活，世选就抢过去不让自己做，明摆着是心疼她。她百思不解。

这一天夜幕降临，白燕沐浴后穿上一件浅红色的上衣，淡绿色的长裤，她对着镜子照了照，又往脸上擦了一点脂粉。她有点害羞，如此打扮，她还是第一回。她出来对世选说："你陪我出去办点事。"小丹听了也要去，白燕用手指在小丹额头一戳："这件事你去了没用，好好在家待着。"小丹见白燕有点生气，只好哭丧着脸让他们快点回来。

白燕领着世选来到军营前的大辽河畔，在一块青青的芳草地上站住。时值仲夏，空气中弥漫的花草香混合着白燕的发香令世选的心儿又有些迷乱。

"到这里来干什么？"世选有些困惑地问。

"我心里烦闷，你陪我说说话。"白燕舒展了一下身子，她今天没有编辫子，一头乌油油的长发披在脑后，她的身材苗条又丰满，苗条的是她的腰，丰满的是她的胸，亭亭玉立，清新可人。她拉着世选在草地上坐下。世选偷眼看白燕，见她双手抱着膝盖若有所思。

大辽河水静静流淌，身旁杨柳依依。天渐渐黑了，四周的小虫开始低声浅唱起来，一弯明月也缓缓升起挂上树梢。多么迷人的夜晚。世选心想：就这样坐着也好，谁也不要说话，过会儿就回家。

"世选，"过了许久，白燕终于开口，语气生硬地说，"你的心好狠。"

"我心狠？这是哪里的话？"世选一头雾水，丈二和尚摸不着头脑。白燕和小丹救过他的命，姐弟俩对他的好，他心里只有感激，何来憎恨？他呆呆地望着白燕说不出话。

"你觉得我这个人怎么样？"白燕的语气忽然又柔和起来。

"你人长得好，心肠又好，是世间少有的好姑娘。"世选说的是真心话。

"既然如此，那你在家为什么对我爱搭不理，不愿和我多说一句话？"白燕的口气显得伤心和不满。

"你是旗主的女儿，我是一个小兵，又是汉人。我们的关系太好，你爹看到会不高兴的。"世选认真地说。

"什么满人汉人，我爹已经把你编入旗籍，我们是同等的人。今天，我掏心窝地对你说，我爹爹第一次把你带到我家来，不知怎么的，我第一眼看到你就没来由地喜欢你，心中和小丹一样高兴。相处这么长时间，见你聪明，勇敢，有担当，又读过书，将来定会有出息，我便深深爱上了你。我知道你其实也喜欢我，只是不愿说出来。我今天就把话给你说清楚，我将来要嫁的人就是你！至于我父亲那里，到时候我会对他说的。"北方姑娘毕竟性格直爽，白燕一下就把事儿挑明了。

"白燕你千万不要这样想，你如果和我在一起，说不定将来会吃苦，你会后悔的。你应该找一个门当户对的人，一辈子过上好的生活，那样我会更高兴。"世选劝她。

白燕听了，毫不迟疑地说："就是跟着你吃苦我也高兴，旗主的女儿有什么了不起，我父亲一年的俸禄是几头牛和一些粮食，折合银子也就一二百两，家里也没多少值钱的东西，将来我们若是在一起，说不定要比现在还要好。"她当然想象不到若干年后满清入主京城，旗主们享受的富贵荣华。

曹世选见白燕这样深情于他，心中十分感动，也亮出自己深藏的秘密："你既然这样说，我也坦白告诉你，我心里确实喜欢你，但是我的先祖曹端广曾是铁岭营卫指挥使，当年他三箭射死后金兵将三人，使数千围困铁岭的后金人马恐惧逃走，倘若他在，铁岭何人能破！若是将来和你成家，怎么对得起我的先人？"这是他心中一道难以迈过的坎，就像胸中有一块冰，时常冰冷着他的心。曹世选在家里和白燕朝夕相处，看见白燕的美，知道白燕对他的好，可想到这件事，他就不知不觉地和白燕保持着距离。

白燕见世选说话的时候声音打战，忍不住展开双臂把他抱住。她不停地抚摸他，试图用她的温暖去融化他心中的冰块。她柔声低语道：

"你总是对满人有成见，你若是不愿在满洲，我可以同你到天涯海角，到你愿意的任何地方去，总要让你高兴才好。"

白燕的拥抱像一团火，烤得世选脸红耳热，胸中热血沸腾，心里的冰块渐渐化解，转为一股暖流涤荡了往日的忧伤。白燕的抚摸柔软又热烈，情意绵绵，使世选想起那次白燕为救他扑在他身上替他挡棍，这早已超越了友情，是白燕为爱情不自觉的表现，白燕对他的表白使他心中受到强烈的震撼。她是满人，父亲是统领，家境优越，却一心一意爱上自己，世上有这样的好姑娘自己不珍惜，反而在无意中给她带来痛苦，真是愚蠢至极！

想到这里，世选心中爱浪渐起，忍不住也伸出双手将白燕紧紧地抱住，将自己的脸和白燕的脸贴在了一起。他从未与白燕有过这般的亲近，白燕少女的身子散发着一股迷人的体香让他陶醉，他正想摸摸几次在梦中出现的白燕有香气的长发，忽然听到路上传来小丹的呼叫声。世选起身就要应答，白燕急忙站起身用手捂着他的嘴轻声说："不理他，我们再待一会儿。"世选红着脸说："小丹的叫声很急，他找我们一定有急事。"刚拉着白燕从树下出来，就见小丹急匆匆跑过来说："爹爹让哈达达到家找世选哥，说有急事在军营等他。哎，你们俩躲在树下干啥呀？害得我一阵好找。"世选连忙拉着小丹就走，气得白燕在后面骂："你这死小丹，早不来晚不来——"

小丹奇怪就问世选："姐姐为什么骂我？她什么意思？"

世选忍不住笑了，他摸了一下小丹的头说："回家问你姐去，可要当心她打你。"

# 出兵北疆

曹世选来到军营向泰尔达报到。泰尔达正在召集头目议事，见他来了就起身对众军官说："刚才接到努尔哈赤的命令，说前不久，有数百沙俄土匪越过黑龙江对我边境居民烧杀抢掠，命我领军一千前去剿灭。大家回去赶紧准备，明天一早就出发。"泰尔达对世选说："这一年多见你读了不少书，定然知道不少事。我这次去和外国人打仗，你或许可以帮到我。"

世选说："我在书上看到西洋诸国已有火枪火炮装备军队，这火枪确实厉害，远距离就能打死人，俄罗斯有火枪，我们要当心匪徒们也有。"

泰尔达说："这事我还真没想过。他们有火枪，我们也有红衣大炮，我有一支三十人的三眼鸟铳队，明日就让这支鸟铳队也参加这次行动。"

次日上午，泰尔达领军北进。曹世选对鸟铳队感兴趣，休息的时候就去鸟铳队里找队员请教鸟铳发射的要领。第三天中午到达黑龙江边时，正遇见一伙红发高鼻子的俄罗斯土匪在抢掠一个村庄。匪徒们杀人放火，马背上驮着抢来的财物和妇女，他们狂笑着正要离开。

泰尔达见了，怒火中烧。他拔刀向前一挥，一声大喊："给我杀尽这些强盗！"催马领军就冲了过去，赶上一个匪徒，他手起一刀就将匪徒砍落马下。紧随的骑兵又杀死两个土匪，余下的匪徒见势不好，丢下抢来的财物和女人拼命逃窜。

泰尔达下令安营扎寨，准备来日分东西两路搜寻匪徒。临睡前，泰尔达对世选说："都说红发蓝眼的俄罗斯匪徒厉害，我看也不过如此，在我的钢刀面前，他们望风而逃。"世选见他轻敌就提醒他说："今日这几个匪徒人少势单，见我们人多势众他们不敢抵抗。如果他们人多开枪，情况就会不一样。"

泰尔达说："我有千人大军，何惧这些乌合之众？"

"统领请不要大意，我斗胆建议明天让鸟铳队走在队伍的前面以备不测，而不能像现在这样走在末尾。"曹世选小声提议。

泰尔达定睛瞧了瞧世选，点点头说："好吧，我就听你一回。明天我就让鸟铳队走中间，我现在要让你成为鸟铳队的副队长，那个老队长虽有经验却是个榆木脑袋。"泰尔达说。在曹世选面前泰尔达要面子，他采取的是折中方案。

泰尔达叫着世选一道来到鸟铳队帐篷向众人下达了对曹世选的任命。泰尔达说完拍了拍曹世选的肩头说："你看重鸟铳队，我也支持你，你好好和队长那不辛一起合作把这支小小的鸟铳队发挥成一把打击敌人的尖刀。"

"那不辛，你鸟铳队有没有多余的鸟铳？有的话给曹世选一支。"

"刚好有一支备用的鸟铳，我等下就给他。"那不辛应答着。

泰尔达刚从帐篷出去，哈达达就抱着曹世选的被子进来了，哈达达和曹世选同为泰尔达的随从，他是曹世选在军营里接触最多最好的朋友。哈达达放下被子笑嘻嘻地拉着曹世选的手说："你出来一下，我有话跟你说。"

两个人出了帐篷，曹世选见哈达达一直在微笑就问："你今晚怎么这样开心，捡到金元宝啦？"

"为你高兴呵，你升官了，真好。"

"什么官呵，一个小小的副队长。"

"那也是官，薪饷和我有很大的不同，以后可不要在我面前摆架子哟。"

"你这是什么话？你是我在军营里唯一的朋友，有我的就有你的！"

"好！我要回去了，你好好干！"

哈达达用拳头轻轻捶了一下曹世选的胸，高高兴兴地走了。

曹世选回到帐篷里，队长那不辛板着个脸叫他过去。那不辛原是个打雁打鸟的猎户，被召进军营统领这乌铳队，他教士兵操作乌铳的方法，却从未见过阵仗。这回出来打仗，满心欢喜要立功露脸，不想泰尔达给他派来一个毛头小子当副队长，这要是打了胜仗就不是他一个人的功劳了。

那不辛对曹世选说："你是统领面前的人，你到乌铳队来我欢迎呵，但不知曹副队长会用乌铳吗？"

"我昨天插在乌铳队里行军，向金大哥金忠平讨教过，已经了解了乌铳如何使用。"他摇了摇手向站在不远的金忠平打了一个招呼。

"哦，看不出来，你年纪轻轻还是个有心人。"那不辛不阴不阳地说："那你讲一讲今后打仗的话，我们乌铳队怎么个安排？"

"队长领导乌铳队已有一年，一定有经验的，我会好好协助你。我现在想说的一件事就是能不能改变我们乌铳队行军时弹药包的放置地方。你想呵，有的人将火药火绳包背在肩后，有的把它挂在腰间，我们现在面对的是有枪的外国鬼子，务必要十分小心。我提议大家统一将火药包系在胸前的腰带上，已备遭遇敌人时能快速取出装填进铳发射，你看好不好？"

"你也不要太小心，这鸡毛蒜皮的事不必统一，我们的人习惯了放哪儿是他们的事。"

"这不是鸡毛蒜皮的事，你不愿意的话，我们可以听听大家的意见。"

"大家都可以说自己的想法。"曹世选提高了声音对众人说。

帐篷里一时鸦雀无声。

"系在前面像个怀孕的女人，难看。"有一个士兵嘻嘻的笑着说。

"是呵。"那不辛哈哈大笑。

"我倒觉得副队长说得有道理，这是打仗的时候，多一分方便快捷多一分胜算。"金忠平说出自己的看法。

大家你一言我一语争执不下，那不辛就提高嗓门说："我们都不争了，同意副队长意见的就系在胸前，像我愿意保持习惯的就照旧，大家都休息睡觉！"

曹世选见那不辛固执，他是副队长，也就不好多说。

# 小小一支乌铳队

第二天一早吃罢饭行军，曹世选留心看了队员火药袋的放置，差不多一半对一半。

上午，泰尔达分兵五百由副统领瑞秀带领向东搜寻，自己率军五百加上乌铳队向西进发。行不多时，刚要上一处山岗，只见山岗两边的树林里呼啦啦涌出数百匪徒，匪徒们手执火枪，前面的匪徒单膝跪地、后面的站立瞄准。一时枪声爆响，子弹朝清军射来，泰尔达身后的军士就倒下了十来个。泰尔达的肩膀也中了一弹，好在有铁甲保护，子弹像是刚刚触及到皮肤。俄匪起身步伐整齐地端枪开火朝清军进逼，泰尔达吃了一惊，这哪是乌合之众，分明是一支训练有素的军队，身经百战的泰尔达此时也惊慌失措起来。

危急之时，忽见曹世选和队长率领乌铳队冲了上来连声大喊："开火！开火！"三十个乌铳队士兵举起已装好火药的乌铳朝着俄匪射去.一阵烟火弥漫后也就有匪徒中弹，虽不致死却也哀嚎哭叫停下了脚步，有的匪徒还转身逃跑了。

"打得好！"泰尔达在乌铳队身后大声叫好。他想不到这支小小的乌铳队，关键时刻给他赢下宝贵的喘息时间。

他仔细看曹世选和身边的人已连发两铳，那不辛和身边的人手忙脚乱才发射了一铳。

"那不辛，你太差劲，加把劲啊！"泰尔达在旁边喊。

那不辛额头冒汗，哆嗦着双手想快点却快不了。此刻他才后悔没有采纳曹世选的意见。

对面长着长胡须的匪首也是个狠人，只见他挥舞长剑拦下逃兵大喊大叫，俄匪火枪手又蹲下身朝清兵继续射击。匪首又指挥的后续部队往前冲.泰尔达见势不妙，立即率军退到江边的小渔村据守。

这个渔村三面环水，只有一条小路和江岸大路相连，泰尔达命令乌铳队和弓箭手把守村口。匪首谢巴若夫见把守在村口的清兵有乌铳和弓箭手，也不敢贸然进攻，下令围困渔村。

曹世选和那不辛带着乌铳队在村口小路把守。连同曹世选在内的三十一个乌铳队员除一名重伤员不能作战，三十名士兵或趴地下或立墙角和树后，三十支乌铳断断续续朝村外沙俄的火枪手射击，乌铳射击时震耳的声响和弥漫的硝烟给了对方火枪手不小的震撼，沙俄匪徒不敢进攻，不多时干脆停止射击蹲在村外的地上。

"曹世选你今天干的漂亮！"泰尔达下马来到曹世选的身后大声说，"你们一支小小的乌铳队顶住了敌人那么多的火枪手，为我们的撤退赢得了宝贵的时间！"

"副队长昨天晚上要求我们行军时把火药包挂在胸前，这样我们装填弹药也就快了很多。"金忠平在一旁说道。

"我看到了，反倒是那不辛当队长的还没有你俩快。"泰尔达的声音洪亮，不远处的那不辛听到了羞愧地低下头不敢作声。

泰尔达见敌我双方都停止了射击，就朝那不辛招招手说："那不辛，你过来。"

那不辛拎着乌铳跑过来红着脸对泰尔达说："我做的不好你骂我吧。"

"呀，你知道错了就行，现在这样，你好好领着队伍，敌人敢进攻你们就还击，坚决不让匪徒进村，你不要怕，你们后面还有这么多的弓箭手在支持着你们。我现在想和曹世选进村去看看情况。"

"大人你不能离开村口指挥，我一个人进村摸摸情况后就来向你报告。"曹世选急忙劝阻道。

"也好，你去吧。"泰尔达点了点头。

曹世选把乌铳留在那不辛身边，转身就往渔村内小步跑去。

泰尔达猜对了，这些匪徒就是沙俄在远东的一支军队。这黑龙江中国一带，原为明朝统治，只因军力不足放弃，清朝政权刚刚接管，尚未派军队驻守。沙俄的远东将领得知情况，见有隙可乘，便指使一支五百余人的军队化装成土匪越境，想试探清朝在边境的武装力量和决心，如果清朝对他们的抢掠不管不问，沙俄就将发大军侵略中国。昨天，谢巴诺夫听手下报告说后清朝派来了一支军队，他连夜纠集全部人马决心与清朝军一战。他率领部下埋伏在岗上给了泰尔达当头一击，现在。谢巴诺夫见清兵退守的渔村中，渔民驾船纷纷逃离，不多时，渔村边的江上，一只船都看不见。他哈哈大笑起来，心想你清军人数没有我的多，武器没有我的好，看你们怎样逃出这孤立的渔村。

泰尔达与沙俄军相峙，明显处于下风，不过他还有五百人马在瑞秀那里，如果瑞秀得讯，率军与自己两下夹击，那就胜券在握。必须立即设法与瑞秀联络。

泰尔达在村口仔细观察，见俄军除六十名火枪手伏在村庄外，后面路上还云集着四五百人，派人硬闯过去就是送死。过了一会儿，他见后面的俄军撤到路西的一块开阔地听头目讲话，心想有机会了：瑞秀的队伍在东方，此刻村前东方的路上空无一人，他立刻叫来随从哈达达，对他说："你的骑术好马也快，现在只要你突然冲过火枪手向东路寻着瑞秀报讯，你就立下大功一件！"

哈达达领命，他是个老兵久经沙场。只见他骑上马向后行了十几步，猛然间拨转马头，接连两鞭催马，战马风驰电掣冲出村口，瞬息间就冲到了火枪手面前，沙俄火枪手慌忙端枪向他瞄准，不等他们扣动扳机，两个火枪手已被战马撞倒。泰尔达见哈达达冲过了火枪手的防线，不由得大喊了一声"好！"话音刚落，就见其他的枪手已转身向哈达达射击，一阵枪响过后，中弹的哈达达从马上掉下，路上的俄匪蜂拥而至，朝着地上的哈达达一阵狂砍。

"哎！"泰尔达脸色铁青跺了一下脚，焦躁地大喊："谁能为我出主意！"

"我有办法。"刚从村子里出来的曹世选来到泰尔达身边说。曹世选已见哈达达丧命，心中十分难受，哈达达是泰尔达四个随从里和他最要好的朋友，如果自己早一刻来，哈达达就不会枉送性命。

"你有什么办法快说。"泰尔达霍地抓住了曹世选的衣领，他昨天晚上没有听世选的话轻敌犯错，已是后悔不及，现在多么希望世选在这危难之时能献上良策。

曹世选用力解开泰尔达抓住自己衣领的手，不慌不忙地说："我刚才在村子里察看，见到一户人家的院子里有一条修好的船，我知道你想尽快找到瑞秀，那户人家的老渔民愿意驾船为我们送讯。"

"哈哈，我的身边有个小诸葛亮！"泰尔达兴奋地拍着曹世选的肩膀。他们来到老渔民的家，泰尔达指挥士兵将船抬到江边，他让曹世选牵着一匹马上了船，郑重地交代曹世选说："你要快快找到瑞秀，你和瑞秀回到这里必须立即向俄匪发动攻击，我见你们到了，也会出村向俄匪猛攻。曹世选，我们这些人的命运可全在你的手上！"

"你放心吧，我一定全力以赴！"曹世选站在船上大声说。

老渔民奋力摇动双桨，曹世选心中焦急，也拔出腰刀划水助力。渔船顺流，快速向东驰去。行不到两个时辰，曹世选见江边的路上有瑞秀的军旗在飘扬，心中大喜，连忙请老渔民驾船靠岸。

曹世选牵马离船上岸，即刻翻身上马追上了瑞秀。瑞秀听曹世选把情况一说，立即挥军返身向西急进。

午时赶到渔村前，瑞秀见俄匪正在路边生火做饭没有防备，立即指挥五百军马风驰电掣般冲了过去。俄匪头目谢巴若夫见了大吃一惊，大声叫喊匪徒们抵抗。哪里挡得住！瑞秀一马当先冲在前面，战刀一挥，一个挡在路中的匪徒就被他砍下了头颅。曹世选紧随其后，见几个匪哇啦哇啦端枪朝自己的队伍射击，他心中有点慌乱，毕竟今天是自己头一回上战场面对敌人。可想起哈达达被匪徒射杀时的惨状，他的心中怒火万丈。眼见一个身材高大的匪徒举枪在瞄准瑞秀，他催马向前朝着匪徒就是一刀。这一刀砍中了匪徒的肩膀，就听那匪徒狂叫一声，向后退了几步，不顾肩膀在流血仍举枪继续向瑞秀瞄准。曹世选咬紧牙关对着匪徒又是一刀砍去，这一刀正中匪徒面目，这个身材高大的俄匪顿时鲜血满面，惨叫一声弃枪倒下。瑞秀举刀大呼："弟兄们，为哈达达和死难的弟兄报仇！给我杀光这些强盗！"曹世选和士兵们奋勇争先，刀劈枪刺，杀得俄匪四散奔逃。

渔村中的泰尔达见敌后方一片混乱，知道援军已到，立刻率军冲出村口，冒着枪弹朝着俄匪火枪手猛冲猛杀。俄匪的火枪手见后方大乱，已心无斗志，纷纷丢下枪支四散逃跑。

这一场厮杀，直杀得俄匪鬼哭狼嚎，尸阵遍野，被俘一百多人，后被清朝编入俄罗斯旗。匪首谢巴若夫左眼被中一枪，成了个独眼龙，手下火枪队悉数被灭，他和十几个余匪抓着马尾游过黑龙江，从此不敢再越境。

泰尔达得胜，带着曹世选重金酬谢了老渔夫，班师回到驻地。

# 家　宴

　　泰尔达平匪有功，努尔哈赤亲自带领官员到泰尔达的军营慰劳。饮罢庆功酒，努尔哈赤命内侍抬来大小两只箱子摆在泰尔达面前。内侍打开大箱，里面装满金银，再开小箱，内中也是一些金银首饰。努尔哈赤笑呵呵地指着大箱对泰尔达说："这是给你部下将士的奖赏。"又指着小箱说："这是给你和你的家人的。"千不该，万不该，泰尔达不该叫来白燕和小丹，三个人跪在努尔哈赤面前谢恩。努尔哈赤见到白燕惊叹不止，心想此处居然有如此美丽佳人。上个月娶的蒙古王妃，容颜哪能与白燕相比？努尔哈赤心念一动，就解下腰间的一块玉佩赏给白燕，白燕红着脸又叩头谢过。

　　努尔哈赤慰劳既罢，起身要回沈阳，泰尔达率官兵相送十里回家。

　　晚上，泰尔达设家宴款待曹世选，泰尔达端起一碗酒对世选说："这次剿匪，你的功劳最大，我敬你。"

　　世选连忙起身，端起酒碗说："统领你过奖了，这次出战剿匪，全是你和瑞秀的功劳，我只是出了一点小力。"

　　泰尔达说："你这人太过谦虚，这回若不是你助我，我能不能回来都是个问题。咦，你的碗里怎么只有半碗酒？"

　　白燕说："世选不会饮酒，我今天见你高兴，才给他倒了酒。"

　　泰尔达有些不高兴了，说："你这丫头，怎么向着外人？"

小丹和白燕异口同声说:"他不是外人。"

泰尔达听了一愣,摸着脑袋想了一下,也高兴起来,说:"既然你们说世选不是外人,那就更要陪我喝上一碗酒。"他仰脖一口气将酒喝下,拿着空碗朝向世选。

世选见他这样,只好叫白燕给自己倒满酒,皱着眉头几口喝干。

"好,这样才像个男子汉!"泰尔达鼓了鼓掌,离席取来一包金银放在世选面前说,"这是给你的。"

世选连忙推辞说:"我是你的兵,为你尽力理所应当,这些东西我不能要,再说我无房无亲,你让我把它放到哪里?"

泰尔达微微笑着说:"凭你的智慧和勇敢,我就要升你为军官,你很快就会有房有家。"

世选沉默了一会儿,仍将金银推还给泰尔达说:"为官我不想,金银也不要,我还是在这里教小丹识字,自己看看书最好。"

"先把东西收起来!"泰尔达有些生气地拍了一下桌子。

"那就让白燕给我保管。"世选把金银交给白燕,白燕就笑嘻嘻收下。

"这包东西又回到了我家?"泰尔达疑惑地看着世选和白燕,见两人举止亲密,不由得恍然大悟,他拍了一下额头,说,"原来是这样!这样也好,这样也好。世选配得上白燕。"

"爹爹你真好。"白燕红着脸站起来,走到泰尔达身旁,拉着父亲的衣袖摇晃着说,"谢谢爹爹。"上次在大辽河边她向世选表明了心意,她一直担心父亲这里会有阻力,她从未听到过有哪个满清上层人物会把女儿嫁给一个汉人,哪怕这个汉人已入旗籍。没想到父亲也喜欢世选。她开心地对世选说:"爹爹也喜欢你,我真高兴,你也开心吧?"不等世选开口,小丹在一旁拍手鼓掌:"好啰,我们是真正的一家人啰。"

"这件事我还得好好想想。"曹世选轻声说。

"你不想要我?"白燕带着哭腔盯着世选问。

"不是,不是,只是——"世选心里有些乱,不知怎样回答才好。

"看我能不能猜到你的心思。"泰尔达虽然是一介武夫,可曹世选跟在自己身边两年多,对他还是有所了解,"一直以来,你心里总想着自己是汉人,不愿为满人效力,但凡我带兵要去同明军作战,你就愁容满面,我理解你,才不让你随我出征。现在,我家白燕对你这么好,你怕将来与她结婚会被汉人讥笑,是不是?"

"你说得对。"曹世选见泰尔达说中了自己的心思,便点了点头。

"瑞秀在我面前夸你有勇有谋,是个带兵的料。我还是建议你在军队里带兵打仗建功立业,好不好?眼下我满清兵强马壮,不久就要进关去夺取大明江山,正是你立功的好时机。你建功立业,我和白燕脸上也光彩。"泰尔达鼓动他。

"我真不愿带兵打仗。"借着酒劲,曹世选摇头拒绝。

"那你想干什么?"泰尔达有些生气。

"干什么都行,就是不想带兵,或者就这样:你今后若是远征,我就在家保护小丹和白燕。"世选不假思索地回答。

"这样你就没有出息!"泰尔达看着世选,无奈地摇了摇头。他想,今天我说不动你,哪天我让瑞秀跟你好好谈谈,瑞秀是个文武全才,或许可以说服他。

"什么叫有出息?什么是没出息?"小丹瞪着一双大眼问。

"没有出息有什么关系,我只要世选在身边就好。"白燕不顾父亲气恼,在一旁破涕为笑。

泰尔达吃完饭便回军营去了。他给了世选几天假。

白燕此刻心花怒放,两年的爱恋今天总算有了结果。她喜滋滋地收拾好东西，安排小丹睡了，就悄悄推开了世选的房门。

世选正在看书，见白燕进来，起身就要让座，哪知白燕扑上前来就将他紧紧抱住，不待世选开口，双手捧着他的脸就亲吻起来。

白燕的双唇潮湿又温暖，嘴里有兰花般的清香，蜜糖似的甘甜，吻得世选的心儿像掉进蜜罐里，吻得世选喘不过气。他张嘴喘了一口气，白燕又将香舌伸了进来和他的舌头搅在一起，一种从未有过的美妙感觉涌上世选的心头，他的喉咙咕咕作响，不由得将口水吞了下去，白燕忙问："你怎么把我的口水吃了?"世选不好意思地笑了说："你的口水里有蜜糖。"说完世选也紧紧地抱着白燕贪婪地亲吻起来，怎么吻也吻不够，吻得白燕身子软软瘫在他的怀里。

曹世选抱着心上人在床边坐下，仔细端详白燕美丽的容颜，怎么看也看不够。白燕在他怀中闭着眼陶醉在幸福之中。她知道世选一直在看她，看吧看吧，当初给你喂鸡汤时没让你多看，今天让你看个够，看个饱，她喃喃自语。忽然她摸索着要解开世选的衣扣，说："今晚就和你睡在一起。"世选忙按住她的手说："你困了我抱着你睡吧。"拉过床上的薄被给白燕盖上，抱着她一直到天亮。

# 乐极生悲

　　幸福的日子过了两天。第三日中午，泰尔达突然黑沉着脸回家对他们说，努尔哈赤看中了白燕要娶她为妃，迎亲的队伍已到军营，第二天就要带白燕去沈阳与努尔哈赤完婚。

　　仿佛晴天一个霹雳，把泰尔达一家击得大乱。

　　白燕对泰尔达哭喊："我不去，我不去，打死我也不去！他有那么多老婆还要娶我，真不要脸，真是无耻！"吓得泰尔达赶紧捂着她的嘴说："我的小祖宗，你小点声，努尔哈赤的人就在门口，要是让他们听到可就不得了了。"

　　一个太监领着几个人将凤冠婚衣抬了进来，白燕见了，发疯似的将凤冠衣物抛了一地，她见世选呆立一旁就喊："你帮我把他们赶出去！"她拿起一把扫帚就赶太监，赶得那个太监左右躲闪。这时候瑞秀进来看见，急忙上前一把将白燕拉住。那个太监走到泰尔达面前说："你可不能由着姑娘的性子胡来，这样对你，对你们家都非常不好。"

　　泰尔达垂头丧气地坐在椅子上，他看看太监又看看被瑞秀拉住的白燕，不由得连连摇头叹气，拍着脑袋无计可施。一转头忽然看到身后的曹世选，忙说："你快去劝劝燕儿，她听你的，我是一点儿办法都没有。"

　　瑞秀已知世选和白燕的关系非同一般，也对世选说："你是个聪明

91

人，知道权衡利弊，你可不要像她那样做傻事啊。"

曹世选此刻满腔悲愤。中国的统治者，历来有一个非常恶劣的特权，除皇后、妃子和宫女外，在外面看到中意的女子就娶进宫，皇帝天下第一，无人敢去制止。欧洲的国王只娶一个王后，在外找个情妇，还得小心谨慎。今天，努尔哈赤就要抢走自己心爱的女人，这让他到何处去论理，到哪儿去喊冤?! 他实难割舍恋人却又无力同满清最大的权势抗争。他胸中热血沸腾，两只手却冰凉，理智告诉他不能将事情闹大，当务之急先要把白燕的疯狂压下来。他默默走到白燕身边对她说："我们到你房里说话。"白燕泪眼蒙眬地看了他一眼，就顺从地跟着他走进房间。

白燕一进房门，"咣当"一声就把门关上插上门闩。她泪流满面抱着世选说："我们跑吧，跑得远远的。跑到天涯海角，让他们找不到。"世选见白燕的脸上泪水不断，就用衣袖一边为她拭泪一边说："我们一跑，你一家人就完了，再说，跑得了吗? 白燕，白燕，是我无用啊。"白燕见世选说话的时候声音嘶哑，眼泪也长流不止，就用嘴舔着他脸上的泪水，双手捧着他的脸放声大哭："离开你，叫我怎么活下去?"

白燕哭了一会儿，猛然间她一跺脚，放开世选从桌子上拿起一把剪刀就要往自己的咽喉扎去，吓得世选慌忙上前将她手中的剪刀夺下。

"你不想活，我也愿为你而死，可是我们还有小丹，你和小丹已经没有了母亲，如果我们都死了，你叫他怎么办?"世选苦苦相劝。

"忘了我吧，你到皇宫，也可享受富贵荣华。"世选劝她时心如刀绞，又似万箭穿心。

"我不要什么荣华富贵，我只要你，要你!"白燕紧抱着世选不放。

眼见世选沉默不语，白燕有些生气，突然她拿起桌子上的剪刀就朝自己的咽喉扎去，吓得世选赶忙去抢，只见锋利的剪尖已划破白燕的颈项，在白嫩的皮肤上留下一条血痕，鲜红的血一颗一颗沁出，世选把剪刀扔到地上，用手捂住白燕流血的地方伤心不已。

白燕静默了一会儿，她柔肠寸断，实在难舍与世选分离。忽然她飞快地脱下外衣解开内襟，敞开白腻美丽的前胸，声泪俱下颤抖地对世选说："我的心肝、我的亲人、我的爱人，来吧，我现在就把我给你，给你。让他虽然得到我的人，却得不到我的心！"

"白燕、白燕，不要这样。"世选流着泪给白燕穿好衣服，强忍着万分的悲痛说，"我们今生不能在一起，来世再聚吧。"他缓缓地解开白燕的辫子，用剪子剪下一缕长发放入怀里，擦干眼泪，挣脱白燕的拉扯，硬着心肠打开门出去，对泰尔达说："我劝过了。"说完，快步跑出大门，一头钻进了树林。

天黑了，起风了，风儿掠过白桦树梢，发出悲凄的呜呜声响。曹世选立在树下，直觉告诉他，以白燕刚烈的性子明天去沈阳的路上只怕凶多吉少。世选心中苦痛难忍，人向后一倒，四肢摊开倒在了树下，他目光呆滞，眼前不断出现白燕的身影，耳旁仿佛又听见白燕的哭声。

终于他号啕大哭起来，泪水顺着脸颊流下，浸润着身下的土地。他幻想着有一只虎，或者一只豹，再就是那只大黑熊没有死，跑过来咬他，撕扯他，把他咬得粉碎，让他的灵魂去追寻白燕，追寻这个狂热地爱他，他也万分喜爱的姑娘。

世选就这样一直躺在树下。直到第二天中午，送走白燕的泰尔达和哭喊着的小丹找到他，把他强拉回家。

过了些天，泰尔达拿着一封信对世选说："我为你在内务府谋到一份采办的差使，你去找信上的这个人，他会好好为你安排的。"曹世选就此离开了这个让他一生难忘的地方。

# 抱菩萨奇闻逸事

"我的故事讲完了。"武阳渡前，曹定达结束了他长长的述说。

众人听后，个个唏嘘不已。曹雪芹为先祖世选的经历两眼潮湿，银荷为白燕的遭遇早已泪流满面，雪芹见她比自个儿还伤感，就不时拍着她的后背安抚她。

朱无志嗟叹多时，此刻他走到曹太公面前深鞠一躬，面带愧色说："枉我读书多年，却认死理，中午在酒席上对你们曹氏先人多有不敬，现在赔礼道歉。你和定达的讲述，解开了我多年的心结。原先我取名朱无志，实为对现实发泄不满，自暴自弃，看来这名字得改改了。"太公说："改为有志如何？"朱无志点点头说："就依太公之意，从现在起，我就叫朱有志，做一个有志、有用的人。"太公和定达鼓掌叫好。

曹雪芹心中有疑团，他问定达："怎么我在家时，父亲和长辈从来不讲祖上的事？"

定达说："曹世选的经历如此坎坷，后来虽然发达，但因身处的环境特殊，他就不愿与人交谈往事，包括他的后代，只是在夜深人静、辗转难眠时，才到书房找出白燕的那一缕长发吻了又吻，含泪提笔写下一些文字释放情怀。若非前些日子在你家看到那些尘封多年的文字，又阅览了曹端广到铁岭后十几代人所记的史料，我又如何得知？"

太公接着说："自端明、端广兄弟俩离开武阳，端明在丰润的后代曾经数次来武阳寻访直至与我们合谱。可端广到铁岭之后却一直没音讯，亏得这一次定达在南京听曹頫大人和盘托出，我们才知道了端广这一支的下落。今日带公子来武阳渡，就是想让公子知道先辈们创业的艰辛。别看公子家现在显赫富贵，就怕树大招风，有人算计，总要提防为好。好了，我们在渡口待了一下午，该回去了。"

回到庄上，太公安排雪芹住在自己家里。太公有一个十二岁的孙女名桃花，圆圆的脸，大眼睛，平素大大咧咧、嘻嘻哈哈，此番见了雪芹，正值豆蔻年华的她顿时害羞地低下了头，待发现雪芹身后的银荷，笑颜立时又似桃花绽放，拉着银荷的手连声叫姐姐，叫得银荷连忙答应。太公的家人已收拾好一间房给雪芹住，又让银荷与桃花同住一室。

银荷一时让桃花绊住不好离身。曹雪芹独自一人坐在房里，他并不感到寂寞，他的心还激荡在曹世选和白燕悲欢离合的遭遇之中。世间怎会有如此不平的事，他幻想自己若有超越如来佛祖的本事就好了，时过境迁也要把这件事翻转过来。思绪似天马行空忽近忽远。

傍晚时分，太公对雪芹说要他参加抱菩萨游行，这是村里每年清明节的一个惯例，村民们希望菩萨和先祖保佑大家。雪芹好奇地跟着太公来到祠堂前，就见庄上二十多个小青年，人人怀中抱着一尊菩萨，在一盏大红灯笼的引领下，已排成了一列队伍。见太公带着雪芹来到，就有人将一尊小像交给了雪芹。雪芹一瞧，正是上午在祠堂里看到的那座新像。

"这尊菩萨是谁？为什么让我抱？"雪芹问太公。

太公说："一个多月前，有一个云游和尚来到庄上，那天晚上，和尚见祠堂上方有瑞光闪现，他就找到我说，当代曹氏人中，必有一奇人出现，流芳千古。只是此人身世浮沉，或有灾难，要我速造一尊菩萨像保佑他。和尚说，这尊菩萨不是观音，不是罗汉，而是自己的先祖精

英。若此人有缘抱过它，就可逢凶化吉，遇难成祥。想我庄上，哪有此
等人物，可巧你来了，抱这菩萨之人就非你莫属。"

太公说完，就吩咐队伍开始游行。雪芹抱着菩萨像走在队伍的最
后，太公吩咐他小心抱好不要摔跤。

菩萨像不重，雪芹抱着并不费力。走过一处屋角，上弦月从云隙中
露出光华，雪芹瞧了瞧怀中的菩萨，心想这尊菩萨像制作得真精美，菩
萨年轻英俊，雕刻得栩栩如生，面目之中仿佛在对自己微笑欲语。"你
是端广，还是世选？你想说什么话就对我这个后人说吧。"曹雪芹口中
叨念，心中迷离走神，脚下不知绊着何物，忽地就摔了一跤，手中菩萨
甩出丈余开外。他连忙爬起，向前几步抱起菩萨，好在是木质的，没有
破裂，只是脸上的油漆掉了一小片。雪芹疑惑，心想路上平坦，自己怎
会摔跤？

游行队伍绕村一周回到祠堂，众人将菩萨放好。太公见雪芹身上有
尘土，知他摔了跤，心下不乐，也不言语。有人将一大把燃着的香火送
来，太公分给雪芹和几个小童，带着他们在祠堂四周的地下插了起来。
一排排香火红星点点，只听太公口中祝诵："菩萨显灵，保佑我武阳村
年年风调雨顺，庄稼丰收，更要保佑公子一生平安。"

太公携着雪芹的手回家，雪芹感觉太公的手时有颤抖，就问："太
公身体不适？"

太公叹道："我年纪大了，今日又多动了些，此时有些疲倦，回去
休息一下，自然会好。"

# 俏银荷巧手补衣

回到太公家，雪芹经过桃花的房间，听到房里银荷与桃花在说话，就拍门走了进去，银荷见雪芹衣裤染尘，急忙为他拍打。

"裤子都破了，怎么回事?"银荷指着雪芹的膝盖处问。雪芹就把游行时摔跤的经过说了，银荷卷起他的裤腿查看，见他的膝盖处红了一小片，还好没有破皮。

银荷给雪芹换了一条新裤。她拿着破裤看了看说："有点麻烦了，这回我只给你带了两条春裤，这条不能扔，得给你补上。"

银荷让桃花在家里找来针线盒，雪芹的裤子是淡青色的，针线盒里刚好就有同色的丝线，银荷又叫桃花找来绣花用的竹圈将裤子的破处绷紧。她小心翼翼顺着衣服的纹路，在破口处的一边埋上几针在另一边穿上几针，也不打结就剪断重来第二根，细心地经纬交织。

"你这样补衣，比绣花还难，不知要弄到什么时候?"桃花有些担心。

"桃花你帮我给公子打盆热水，让他洗洗回房睡觉，我用不了多久就可以补好。"银荷头也不抬地说。

雪芹洗好脸脚，却不愿离开。他搬了一个凳子坐在银荷身边看着，桃花也搬了一个凳子坐在银荷的另一边。

雪芹离银荷很近，闻到了银荷头上有一股幽幽的发香，他见银荷左一针右一针是那么专注，那么耐心，眼前忽然幻化出定达所讲故事里白燕给曹世选喂鸡汤的情景。银荷的头发不知有没有白燕的香，银荷俏丽的脸儿在灯光映照下泛着光亮，不知有没有白燕漂亮。他叹了一口气，银荷感觉到了，说："你在想白燕？"

"你是神仙？"雪芹非常惊奇银荷居然会猜中他的心思。

"我不如白燕，你也不是世选。"银荷说着，眼中忽然间掉下两滴泪水。

"什么白燕世选？他们是谁？银荷姐你怎么哭了？"桃花好生奇怪，她没有到武阳渡，自然不知白燕世选是何人。

"明天你问太公，他会告诉你的。"银荷回答桃花时拭了一下脸上的泪。她和雪芹对视了一眼，两人忽然又微笑起来，这更让桃花如同在云里雾里，不知银荷为什么又哭又笑。

此时的银荷柔肠百转，她的伤感既为白燕也为自己，以白燕那样的身份都不能自主婚姻，何况自己是个丫鬟。她不知自己将来的结果是好是坏，她不敢想，但见雪芹在武阳渡口自己伤心掉泪时能安抚她，她的心就温暖一些。她对雪芹说："你去睡吧，时候不早了。"

"你也早点休息啊。"雪芹说着，起身出门朝自己的房间走去。经过太公房间门口，听到里面有定达和太公在说话，他放轻脚步，回到房间睡下。

太公房里，太公正叹着气对定达说："公子今晚抱菩萨摔了一跤，和尚说过不能摔跤，偏偏他就摔了跤，真不是好兆头。"

定达说："我不迷信，但同样担心。曹大人交代我让公子吃家常便饭，今天晚餐，桌子上摆着两样蔬菜，是我交代你媳妇做的，公子只吃了一点，银荷那丫头看到就不高兴，问桃花家里有没有鸡蛋，她要做鸡蛋羹给公子吃，是我拦住桃花不让拿。这样下去怎么行？你看明天能不能安排公子到曹小牛家里去吃饭，因为我已同小牛说好明天让他陪公子玩一天，毕竟公子是个少年人，又好不容易来一趟武阳，饭就在小牛家吃。小牛家算我们村苦点的，拿不出好东西上桌，银荷就到他家厨房去翻也找不出好吃的来，你看行不行？"

"那有什么用？"太公摇摇头，"小牛的母亲常年生病，你给过他家一些资助，他们感念在心，见公子要到他们家吃饭，借钱都要比我们招待得好。还是在我家吃饭为好，既不用刻意太好也不用刻意太差。你说昨日公子在你家吃饭没有吃饱就跑到外面去加餐，他有银子，你饿不到他，你这样做，恐怕会适得其反。我想，我们不需要在吃的事情上费心思。哦，有办法了，我们村子南面有一个草棚，这几个月来住着两个小乞丐，他们的年纪和公子相差不大，你想法让公子进草棚，看一看乞丐们过的是什么样的生活，或许对他有警醒。"

定达听了说："这样最好，这是一道无字题，看公子明天怎么做。"

# 乡间牧童识趣

不待天亮，引吭高唱的雄鸡就将酣睡中的雪芹唤醒，他习惯性地叫了声银荷，银荷便推门而入，想必是她早已起床。

银荷拿着昨夜补好的裤子给雪芹看，说："你看我补得好不好？"

"这是条新的，你拿来骗我。"雪芹见裤子完好如初。

"我会变戏法吗？你在这里摸一下看。"银荷拉着雪芹的手让他在裤子原来的破处摸去，雪芹感觉那里比旁边要厚一些，但若用眼看，哪里知道补过。

桃花这时走进来对雪芹说："银荷姐的巧手赛过天上的织女，她刚才把裤子给我看，我看了半天也看不出。这样聪明能干的人，将来谁要娶到她，可真是三世修到的福。"见银荷抬手要打她，桃花就笑着跑了出去。

"晚上睡得还好吗？"银荷轻声问雪芹。

"不好，你不在房里，我睡得不踏实。"雪芹也轻声说。

银荷听了心中酸酸的："我还是求太公，晚上我来陪你。"

"你不必惹定达叔不高兴，慢慢我会习惯的。"雪芹摸了一下银荷的长发说。

银荷给雪芹穿好衣，又在雪芹腰上系上一只锦囊。锦囊内装有硬物，雪芹掏出一瞧，见是一颗珍珠、一只小巧的玉佩和一块红玛瑙，这三样东西都是北京的姑姑平郡王妃赠予他的，是银荷织了一只锦囊装了起来，今天给他系上。

"我身上银子都不带一块，要它们干什么？"雪芹说着就要解下锦囊。

银荷按住雪芹的手："你昨晚好端端地摔了一跤，今日我让你把这些宝贝带在身上压压邪。"

"这三样东西，你看哪个最好？"雪芹摊开手中的珍珠、玉佩和玛瑙问银荷。

银荷说："这珍珠、玉佩不稀奇，难得这块玛瑙，你看它红光闪烁，带着宝气，你带在身上最合适。"说着仍将它们放进雪芹腰间的锦囊内。

银荷又说："你已拜祭了先祖，完成了老爷给你交办的事，你该问定达叔叔何时安排我们回家了。"

雪芹摇了摇头说："行前叔父交代我一切听从定达叔叔的安排，最好在江西多住些日子。"

银荷忧虑道："你是个男子汉，将来可是要做官、做大事的，误了读书怎么行？"

"我将来可不愿为官。我见过一些和我叔父打交道的官员，言谈举止，令人生厌，但书还是要读的，从书中我们可以见识世界。你不是给我带了书来吗，有空我会读的。可光读书也不够，你看我们这一路来的所见所闻，这缤纷多彩的世界，书中是看不全的。今天定达叔会安排人带我们玩一天，我们就痛痛快快玩一天。他昨天还说要出一道题让我做，我倒要看看他给我出的是什么难题，难得住我吗？"雪芹对银荷说。

上午，曹定达带来一个脸色微黑、身子精瘦的男孩，看年纪比桃花大一点。

"他叫曹小牛，外号枏子盖。别看他年龄不大，但特别能干，养着家里和邻居家的五头牛，农忙时还帮家里插秧、割稻。"定达对雪芹介绍说。

"他还会骑牛、爬树，是我们这里的顽皮大王。"桃花一旁嬉笑着说。

"正是小牛有本事，今天就带着公子玩一天，小牛，你可不能让客人出事。"定达道。

曹小牛答应，领着雪芹正要出门，桃花嚷着也要去，太公也就同意。

"等我一下。"银荷转身回屋，拿着一件镶着金丝边的红色斗篷，折好，放进布包里背着，笑着说，"我怕起风下雨，给哥儿备着。"三个人跟随着小牛朝村外走去。

四个少年结伴而行，个个兴高采烈。一路上春光明媚，春风和煦，小鸟在前面欢唱，燕子在新柳间穿飞，春天是多么美丽。雪芹心下欢愉，诗意大发："春日春风燕鸟飞，故乡处处尽芳菲。"正要往下说，忽然见曹小牛头顶扎着两小辫，下半截一圈剃得精光，显得十分滑稽，忍不住笑道，"我看你的头剃得倒真像一个枏子盖，但这外号太难听，我是不会叫的。"

桃花咧嘴笑着说："我们村的人都叫他枏子盖，挺好玩的。"她一边说还一边拍着小牛的后脑勺，逗得雪芹和银荷哈哈大笑。

"我才不在乎呢，只要公子高兴就好。"曹小牛无所谓地说。

他们来到了庄前一块空地上。

场地上，高声欢叫的男孩子们放着风筝，滚着铁环，女孩儿们有的在踢毽子，有的在地上画着格子跳房子。

武阳渡 —— WU YANG DU

102

"我们玩什么呢？"曹雪芹说。

"我带了毽子。"桃花说着从身上掏出毽子，一脚将毽子踢向银荷，银荷见毽子飞来，一个偏腿将毽子踢回给桃花。

两个少女都是踢毽好手，只见她俩钩、拐、背身，把毽子踢得好像只彩色的小鸟在她们中间飞来飞去，引来众多女孩围观。

"我和桃花踢毽子，你们干什么呢？"银荷说。

"你和桃花比赛，我和小牛做评判。"雪芹道。

"好哇，好哇。"桃花笑着跑了过来。

"谁拿第一还有奖品。"雪芹从锦囊里摸出珠子举在手上。

"你说的是真的？"桃花瞪大了眼睛。

"怎会有假？"雪芹笑着说，"你和银荷就比转身踢毽，谁连续踢得多这珠子就是谁的。"

"我先来。"桃花拿过毽子高高踢起，一个转身又接着踢。

"一、二、三、四……"曹小牛和雪芹在旁计数。

桃花兴奋地使劲踢着，毕竟年纪小，又用力过度，不多时便气喘吁吁，额头冒汗。雪芹和曹小牛刚数到五十，她便撑不住一屁股坐到了地上。

轮着银荷了，银荷解下背着的包袱交给雪芹，便轻盈地踢起来。她从小最爱的游戏便是踢毽，最多时踢过一百以上，真正是轻车熟路。

银荷愉悦地踢着，这不是在南京或北京的深宅大院，不必谨小慎微，可以无拘无束地在曹雪芹的面前尽情展示她青春身材的灵巧和妩媚。羽毽上下飞舞，银荷的脸上渐现红霞，少女曼妙活泼的身姿让雪芹看得十分陶醉，一时间心竟然乱了，便忘记了数数，只听见小牛一个人仍在一旁报着"三十五、三十六"，待数到四十八，银荷偷眼瞅见桃花一副沮丧的模样，她便佯装不小心一脚踢空。

"银荷四十八，桃花五十，桃花胜了。"曹小牛大声宣布。

"这珠子是你的。"雪芹把珠子交到桃花手上，桃花惊喜地接过珍珠捧在手上看了半天，才小心翼翼放进衣服里。

银荷拿过雪芹手上的包袱，雪芹帮银荷整理时在她背后悄悄按了一下。银荷回头，见雪芹瞪了她一眼，就抿嘴一笑，悄声说："都是向你学的。"她没拿到奖，心里却高兴，不自觉地就挽起了雪芹的手臂。桃花看见，"扑哧"一笑，朝着银荷用手指在自个儿脸上一划，羞得银荷赶忙松手。

"到我放牛的地方去，那里有一棵大樟树。"曹小牛见雪芹手中无物，怕他无趣，便提出建议，领着雪芹来到了村庄东头。

这里长着一棵参天大樟树，高逾三十丈。大树枝繁叶茂，遮天蔽日。树干粗壮，根部十个人怕都抱不拢。

"从来没有看到过这么高大的树。"雪芹道，"如果站在顶端，不知能看到多远。"

"我能爬到树的最高一层。今天我让公子开开眼。"曹小牛边说边扎衣挽袖，又从树洞里掏出一根绳子系在腰上，搓搓手就要往树上爬。

"不行，摔下来不死也要伤的。"雪芹赶忙拉住他。虽然清楚曹小牛爬树是为了让自己开心，可要爬这么高的树上可不是闹着玩的。

"你放心，我会爬树，这桃花是知道的。别的人爬到第七层就上不去，就我能爬到最高的十层。"小牛信心满满地说。他轻轻掰开雪芹的手，吐了口唾沫在手心搓了搓，顺着树干的裂纹，很快地就爬上了樟树的第一个树杈。

"这是第一层，我现在上第二层啦。"小牛对着树下喊。原来，他说的一层就是树的一处分枝杈。

"你可要当心啊！"雪芹向着树上的人大声喊道。

曹小牛像只猿猴似的敏捷利索地攀上了第二层。只见他向树下的人挥挥手，转瞬间又爬上了第三层、第四层。每上一层，他都要在树杈处向树下的人挥挥手，然后再往上攀爬。

待爬上第七层，小牛忽然停了下来。雪芹细瞧，原来第七层和第八层之间的树干是长长的、比较光滑的一段。

停了片刻，只见小牛站起身，张开双臂向上爬去，待爬到半截又缓缓滑了下来，试了几次，都是如此，吓得树下的三个人手心直冒汗。

"不要爬了，快下来！"雪芹大声喊着。

"你们不要怕，没事的！"树上的小牛朝下挥了挥手，只见他解下腰间的长绳，将绳子抛向上方的树枝，待绳子的一头落下，抓在手上，脚蹬树干，手攀绳索，很快就又攀上了第八层。第八层与第九层、第十层的距离很短，小牛最终攀上了第十层。

"我到顶了，到顶了！"坐在最高的树杈上，曹小牛自豪地欢叫。

"你这个野小子。"待小牛回到地面，雪芹朝他发火道，"第七层向上那么危险，你怎么还要往上爬？"

"以前上第七层也是靠绳子上去的。今天我想试试不用它，哪知还是不行。"小牛带着一丝遗憾，嘿嘿地笑着说。

歇息片刻，曹小牛又说要骑牛给雪芹看。说罢，他从不远处的草地上牵来一只大黄牛。

雪芹见这头牛的身躯高大雄壮，肌肉饱满，一身的黄毛光滑透亮，只是头上缺了一只角。

"这是怎么回事？"雪芹指着牛头问。

"这是我家的大黄牯，力气大脾气也大。两年前，不知怎么的，把一个撑着红伞的过路女人给顶伤了，气得我爹锯掉了它的一只角，但是它很听我的话。"曹小牛说罢，朝黄牯喊一声，"跪下！"

大黄牯果然听话地跪下了两只前腿。只见曹小牛一个飞身就稳稳当当骑在了牛背上。

"跑起来！"曹小牛又一声喊，大黄牯立时站起来，驮着曹小牛不紧不慢地跑起来。

"跑快点。"曹小牛用力拍了一下牛背，大黄牯居然像战马一般奔驰起来，只听牛蹄敲击地面，发出沉闷的声响。

大黄牯跑远了，牛和牛背上的人渐渐变成了一个小黑点。

天空中忽然间飘过来一团乌云，春天的气候说变就变，一时间，小雨淅淅沥沥下了起来。

银荷急忙从包袱里取出那件红色斗篷，给雪芹披上，系好丝带，三个人跑到大樟树下躲雨。

不多时，又闻牛蹄声响，大黄牯驮着曹小牛跑回来了。

只见曹小牛拍了下牛背喊："停。"大黄牯立时就放慢了脚步。

雪芹饶有兴致地从树下迎了出来。在北京客居时，他跟表哥学会了骑马。这骑牛是什么感觉，他想试试。

这下可坏了。大黄牯见到身披红斗篷的雪芹，顿时两眼充血，"哞"的一声叫，撒开四蹄就朝雪芹奔去，吓得雪芹转身就跑。

银荷、桃花看见，一时都愣住，呆立在树下不知所措。

大黄牯嘴里喷着白沫，发疯似的追赶雪芹。雪芹绕着大树拼命奔逃，只听身后牛蹄声和牛的喘息声越来越近，身上披着的斗篷飘扬在后，感觉似乎被牛角挑了一下。

"这可怎么得了！"银荷吓得哭叫起来，桃花也吓得两手掩面。

牛背上的曹小牛，此时黑脸变得煞白。任他打骂，又用力拉紧缰绳，大黄牯却丝毫不减速度。危急中，他猛然想起那个被顶伤的妇女撑的是一把红伞，而眼前奔逃的雪芹身披的又是一件红斗篷。脑中灵光一闪，急忙朝着雪芹大声喊：“快脱红衣，快脱红衣！”

眼见黄牸就要撞上雪芹，曹小牛一咬牙，踊身向前一跃，一只手抓住了牛角，迟滞了黄牸对雪芹的攻击。

雪芹听到小牛的喊声，赶紧一把拉开系在胸前的斗篷活节。

红色斗篷徐徐飘落。

大黄牸立时停住了奔跑，牛头上拖着曹小牛，眼盯着地上的红色斗篷转圈。曹小牛这才松开抓着牛角的手，跌倒在地又腾身而起，捡起地上的一个土块，用力砸向黄牸的脑袋，气愤地喊：“叫你疯，叫你疯！”

“哞——”大黄牸不但不恼，反而一声轻哞，温驯地站在曹小牛的面前。

曹小牛赶紧拾起牛绳，牵着黄牸向草地上的牛群走去。

“你伤着了吗？”银荷跑过来，拉着雪芹的手流泪问道。

“我好好的。”雪芹说。见银荷脸上的泪珠似梨花带雨，不由得抬手为她擦拭。银荷羞涩，连忙松开雪芹。

“刚才真险。”曹小牛回到众人面前，心有余悸地说，“这该死的黄牸，从来就不待见红的颜色。”

“你也不要命，为救雪芹公子，竟敢从牛背上跳下去扳牛角。”桃花亦为小牛担心地说。

“你伤着没有？”雪芹关切地问小牛。他刚才看到曹小牛跌倒在地，却不知曹小牛是从牛背上跳下来去扳牛角救他，心中非常感动。曹小牛这小小放牛娃，为救自己，竟然可以奋不顾身。

“手上擦破了一点皮，不碍事。刚才的事，回去可不能向定达叔和太公说，否则，我会被骂死。”曹小牛真有点害怕。

“不说，不说。”雪芹三人齐声答应。

“回去吧，下午还要带你们去看两个人。”曹小牛说。

# 世事变幻谁之过

下午，小牛领着雪芹三人，来到了村庄南面的一个小草棚前。
草棚顶冒出丝丝青烟，草棚内传出声声童谣：

烟啊烟　　莫烟我
去烟天上的白云朵
白云朵　　飘过来
变成好看的梅花朵

"定达叔说要我带你到这里来看看，说这里有一道题让你做。"小
牛一边对雪芹说着一边推开草棚门钻了进去。

雪芹随后跟着进入草棚，只见里面烟雾腾腾，中间正燃着一堆火。
火堆旁，有两个衣衫褴褛、面黄肌瘦的少年坐在两段朽木上，正在爆米
花呢。几粒稻谷丢进火边的灰里，噼噼啪啪爆出白色的米花。两个少年
伸着乌黑的手，也不怕烫，从火灰中抢着米花就抛进嘴里。

这两人也不看来人。他们不时揉着眼睛，唱着童谣，吃着米花，脏
兮兮、黑乎乎的脸上，看不清是喜是悲。

银荷见草棚里放着两只破碗，一个破水瓮。几捆稻草上面堆放着两
床破棉絮，连个坐的地方都没有，忙拉着雪芹的衣袖说："这里腌腌臜

臜，龌龌龊龊，不是你待的地方，我们走吧。"

生平第一次进入一个如此肮脏的地方，雪芹真有点恶心想吐。这哪是常人能住的地方？他俩是什么人？定达叔为什么要让曹小牛带自己到这里来？带着这一串疑问，雪芹推开银荷的手说："银荷你不要急躁，既是定达叔要我来，这就是给我出的那一道题。不管题目难和易，我都必须做完。"他问小牛，"他们是什么人？怎么住在这么脏的地方？"

曹小牛指着那两个人对雪芹说："这个个儿高的，我们村里人叫他破帽赵；那个小点的，我们称他长毛刘。去年寒冬的一天，天上下着鹅毛大雪，破帽赵刚走进村里就饿倒在一户人家门口，被这家人抬进屋，给他喂了一碗热粥，好歹把他救了。隔天太公得知，让庄里人盖了这间草棚，又给了他一些食物和一床被褥。破帽赵就一直在附近乞讨，至今已有三四个月了。后来长毛刘流落到此，也有一个多月了。"

雪芹这才知道是两个乞丐。那个头戴破帽的，年纪约十四岁；另一个长发遮额的，十岁左右。雪芹虽生在富贵人家，但母亲马夫人一直教导他不能看不起穷苦人。有一回，他随母亲进庙烧香，途中见一老妇乞讨被人辱骂。母亲立即停轿下来，给老妇买了一碗阳春面，又给了她一些零钱。母亲的言行给幼时的雪芹留下了深刻的印象。

想到此，雪芹顿生恻隐之心。他向二人问道："你们缘何到此？"

戴破帽的站起身，低着头说："我是横峰县人，姓赵。去年我们乡里遭到大旱，田里庄稼颗粒无收，到年底，村子里就有人饿死了。我家人口多，父亲怕我也会饿死，就把家里仅有的三十个铜钱都给了我，让我去投奔南昌府德胜门外的一个铁匠亲戚。不想路上才走了两天，三十个铜钱就花光了，只好一路乞讨。到曹家庄的那天晚上，风雪相加，我又冷又饿倒在地上，是好心的曹家庄人救了我。我现在身体好多了，想着过两天就去南昌投奔亲戚。"

"这里离南昌已经很近了。银荷，你身上有钱吗?"雪芹对银荷问道。

"我没带银子，身上倒有五十文钱。"银荷回道。

"五十文钱够吗?"雪芹接过银荷递来的铜钱，交给了破帽赵。

破帽赵见着手上的铜钱，立时两眼放光。他朝着雪芹深鞠一躬道:"多谢公子，感谢公子。家里给的三十文钱使我走到了这里，有这五十文，我定能到南昌找着亲戚。"

这人是个急性子，当下辞别众人，高高兴兴、爽爽快快出棚就走了。

"这么顺利，就解决了一个。"曹小牛敬佩地望着雪芹说。

"这叫有钱大路通天，无钱寸步难行。你没听大人们讲过吗?"桃花装出一副大人的口气对曹小牛说。

"小弟弟，你是什么情况?"雪芹蹲下身，拍了拍小乞丐的肩头说。

银荷睁大了眼睛，心下十分奇怪:这小爷，平素是极爱干净的。有一次书房里飞进一只苍蝇，他大惊小怪地叫来了几个丫鬟，费了半天工夫把那只苍蝇赶出了书房，雪芹还让小丫鬟把苍蝇落过脚的地方擦了又擦，才放心坐下。现在居然敢蹲在一个满脸污垢、浑身肮脏的乞丐身边，就不怕传到乞丐身上的虱子、跳蚤?莫非他上午经历了风险，下午就改变了习性?

"你倒是说话呀。"见小乞丐低着头半天不作声，银荷着急催促道。

桃花在一旁嘟囔:"他穿的是绸缎衣服。"

雪芹细瞧，见小乞丐果真穿的是丝绸面绿色棉袄棉裤，虽已破烂肮脏，依然可以辨出。

这时，小乞丐才抬起头，看了一眼雪芹又低下头，轻声说:"我姓刘，我的父亲一年前还是县官。"

"啊？"银荷、桃花、小牛三人同时张大了嘴。

"你慢慢说。"雪芹又拍了一下小乞丐的肩头说。

"好的，我就全都说出来。"小乞丐的声音大了一些说，"我父亲原是个知县。他为官清廉，爱民如子，做县官三年，老百姓送到县衙的横匾就有十多块。谁知去年县里出了桩怪事：县粮库库存的三十万石稻谷，年末开仓一看，全都变成了空空的谷壳，粮库里到处飞爬着黑色的小蠹虫。稻谷里的米，全让那些可恶的蠹虫吃光了。库官吓得上吊死了。听说知府还要查办我父亲，我父亲一时想不开就跳湖了。那天，父亲带着我和我母亲到江边坐上了一条小船，船到江心，父亲突然起身，拉着我和母亲就往水里跳。我被船家救了，可父母亲我却再也看不到了。哥哥，这就是我的命！"

"咣当！"像一声锣响，敲击着曹雪芹的胸膛。身旁的小孩，他的父亲曾是一个县官，而今，县官的儿子却沦为一个乞丐。我的命运将会如何？想到定达叔和太公这些天的言行，隐隐约约好像在对自己暗示着什么。雪芹感到后背一阵发凉。

父亲是显赫的江宁织造，上辈还是皇亲，他怎能和一个小小的县官相比？曹雪芹自己安慰自己。

"我回去取几两银子给他吧？这样你心里就好过了。"银荷只想让雪芹快点离开这里，便提出建议。

"我这里有二十文钱，是春节时得的压岁钱。我全给他。"曹小牛从身上哆哆嗦嗦摸了多时摸出一把铜钱说。

桃花拦住小牛说："枏子盖，你就算了吧。前些天庄上来了一个卖糖人的，你看了半天看中了一个糖孙悟空，只要两文钱你都舍不得买，还是我用一文钱买了两只糖公鸡分给了你一只。银荷姐，我这里有半两银子，是我十岁生日时公公送给我的，拿我的银子好了。"桃花痛快地掏出银子交给了银荷。

雪芹看在眼里，心头一热：这二人都是比自己年少的孩子，平日不舍得乱花一文钱，此时却都有一副热心肠，他急忙制止道："他是个孤儿，无依无靠，几文钱几两银子解决不了根本问题。"雪芹挠了挠头，在草棚内踱来踱去，思来想去，只有求助太公才是上策。

"跟我走吧。"他拉起长毛刘，说，"随我去见曹太公。只是要给太公他老人家添麻烦了。"

到了太公家，见太公正和定达在客厅喝茶。雪芹把下午的事原原本本向太公和定达说了一遍。

太公听罢，心想自己和定达昨晚费尽心机给雪芹出了这道无字题，原本只是让他看看乞丐过的是什么样的生活，让他在灾难来临时有个思想准备，可他倒好，直接相助了一个乞丐走向新生活，又把这个小乞丐带到自己这里，有些偏题，可思路也不错。思忖良久，太公长叹了一口气，对雪芹道："你带刘知县的儿子到我家来，你的心意我已明白。想我这武阳曹家庄里，无一恶人恶户，家家行善积德，所以上苍眷顾，年年风调雨顺，户户仓有余粮，但也只是个小康之村，并无大福之家。当然，定达在外经商致富，是个例外。"

定达说："这都是太公教导有方。"

太公又道："古时贤人云：勿以恶小而为之，勿以善小而不为。这句话对我有启发。这个刘知县的儿子，我决定收留他，给他饭吃，给他衣穿，还要让他念书，希望他日后能有出息，不辜负你我之心意。"

"快谢太公。"雪芹长出了一口气，急忙对长毛刘道。

"感谢太公大恩大德。"长毛刘流着泪水，给太公下跪、磕头。太公让桃花叫来自己的侄子曹海。他对曹海说："这个小叫花子，原本是个知县的儿子。我今天收留他，先在你家住几日，过些天我再把他接来。你要好好待他。"曹海答应，领着长毛刘走了。

曹定达在旁，感念太公善举之余，心中也暗自赞许雪芹，太公和自己给雪芹出了这道题，雪芹做得不错。真是个心地善良的好孩子啊，苍天若有眼，怎能不佑他。

"你出来一下，我有话对你说。"曹定达拍了一下雪芹的后背。

"叔叔，我这事做得不对？"雪芹跟着定达出了门，心中有些忐忑。

"你做得很好。"定达柔声道，"现在我想问你，倘若你家遇上了刘知县这样的事，你会怎么办？"

"苟活世上，有什么意思？"雪芹一向心高气傲，话不由得脱口而出。

"胡说！"定达陡然生气，"世上有多少不测、不平之事，从富贵到贫困的例子，你就没有听说过？"

"我家难道真会出事？"雪芹望着定达惴惴不安。

"也许会，也许不会，但如果真的有事，你也不准做傻事，应该坚强地活下去，像你这样聪明的人，就算遇逆境，也不该沉沦，而应发奋成为一个有用的人。你说对不对？"

"好吧，我会记着叔叔今天说的话。"雪芹点头说道。

# 定达扶犁耕田

经过这两天的遭遇，曹雪芹的心境已不比从前。自小到大，他无忧无虑，过的是锦衣玉食的生活，何知人世有苦难。倘若苦难真的降临自己身上，我将如何去面对？一早起来，雪芹独自在院子里走动，他在思考这个问题。

定达看见，就对太公说："我看公子有心事了。"太公点头说："这样就好，证明我俩的苦心没有白费。"定达说："那就趁热打铁，今天让他跟着我去田里干活。"

太公微笑着说："你总不会让他跟你学耕田吧？"

定达说："那倒不必。不过我今天却真的是要下田耕地，昨天下午我到小牛家，见他父亲曹东阳走路一拐一拐的，就问怎么回事，东阳说下午耕田时伤到了脚，家里三亩地才刚耕了一点，眼看就要误农时了，我就和他说我今天去帮他耕地。雪芹跟着去，我会安排轻松的活给他做。"

吃了早饭，定达对雪芹说："我今天要去小牛家耕地，你愿意去帮忙吗？"雪芹听说是去小牛家就高兴地答应了。银荷心想这定达叔做事怎么越来越没谱，见雪芹答应，她不好阻止，又不放心雪芹，也只好跟着去。桃花见银荷去她也跟着走。

众人来到小牛家，见曹东阳正愁眉苦脸坐在门前椅子上吧嗒吧嗒抽着水烟。他的左脚板用布包扎着，那是昨天耕地时不慎踩到一截枯树枝而受伤的，伤口还很深，走路都成问题，更不用说下田。他家只有小牛一个男孩，小牛还小扶不了犁。昨天定达说要帮他耕田时，他还有些不信。定达离村多年，事业有成，是村里的贵人，还能下田帮他耕地不成？现在见定达果真来了，曹东阳心里既感动又不安，他拄着棍子站起来对定达说："你是村上的贵人，做着大生意，怎能让你耽误宝贵的时间来帮我？"

定达扶着曹东阳坐下，说："你我都是武阳人，你称我贵人就是骂我，我的生意自有人帮忙打理，你对我不要客气，就在家安心养伤。"

定达叫曹小牛牵着那头大黄牯在前面带路，自己扛着木犁随后向田野走去。

"过了那块秧田就到了。"曹小牛指着前面一块微露绿色的秧田说，忽然，秧田里飞起一大群麻雀，小牛惊叫起来，"不好，有麻雀吃秧谷！"

"雪芹公子在这里正好可以赶麻雀。"来到要耕的水田边，定达放下犁对小牛说，"等会儿你回家拿根长竹竿，上头绑几块有颜色的碎布，让雪芹公子拿着，见到麻雀飞来就赶。"

算他还有良心，银荷心想。她真担心曹定达会让雪芹跟着他下田。

定达叫小牛帮着给大黄牯套上木肩，穿上绳子连着犁。他脱下鞋袜，见自己白白的腿脚早已不是当年的那种黝黑色，心中不免有些感慨时光的流逝、身份的变迁。小牛见定达凝神不语，以为他已经忘记了如何耕田，就说："定达叔你很多年没有耕田，不行的话我们就回去，早上我娘还埋怨我爹说不该答应你，说过两天就请舅舅来帮忙。"

定达微笑着对小牛说："我知道你舅舅家离这里很远，农忙季节，家家都很忙的。至于我行不行，你马上就可以看到。"他稳稳地扶着犁，抬头朝大黄牯一声吆喝，大黄牯便迈开四腿，定达将犁刃插进地里，身后随之就翻起一条黑色的泥土。小牛见了，这才放下心来。

大黄牯有力气又通人性，耕到田头不用吆喝自会掉头，定达操作它非常省心。虽然如此，时间一长，定达就感觉臂膀有些酸疼，毕竟已经多年没有干过耕田这样的农活，但是他的心是愉快的。他现在是个有身份的人，但他从不忘本，始终不忘先祖的高尚品德和严格的家训，每年清明节、春节他都会回武阳，只要听到谁家有困难他都会尽力帮助。他帮助小牛家耕田是出自内心对乡亲真切的关爱，更何况还带着曹雪芹来，他身负使命，要用自己的言行给雪芹以提示和感悟。

雪芹的活儿很轻松，他举着竹竿挥动几下，飞到秧田的麻雀们就反身逃离，也不需要他呼喊，桃花的嗓门儿响亮得很。见麻雀一阵子不来，桃花就拉着银荷跑开玩去了，就剩下雪芹一人看守秧田。可恼的、顽固的麻雀们不时便飞来，迫使雪芹不停地跑动挥竿，时间一长，双臂就有些酸胀，脸上也出了微汗。他真想坐下来休息一会儿，让银荷给揉揉肩膀。他环顾四周，见桃花与银荷在附近的一处坡地上采着野花；定达叔仍在辛勤耕田，泥浆溅在身上脸上也顾不上擦。他便忍住了，坚持驱雀不停。

中午时，小牛和母亲各挎着一只竹篮来给他们送午饭，在秧田边放下。小牛来到水田和定达一起解放了大黄牯，牵到水沟边让牛儿吃草。

小牛的母亲给雪芹盛了满满一蓝边碗米饭，饭上有干鱼、青菜，雪芹接过碗就大口吃。银荷见他狼吞虎咽，吃得津津有味，就说："平日在家时你吃饭慢条斯理，今天怎么变了样?"

雪芹有点不好意思地说："往日在家活动少，今天赶鸟来回跑，肚子早就饿了，何况婶婶做的饭又这么好吃。"

小牛母亲正拿一块干净布给定达擦脸，听到雪芹说饭好吃，便高兴地说："这样普普通通乡下人吃的饭菜，不值得公子夸奖。刚才在送饭来的路上，我还担心公子会吃不惯。这下可好了，我放心了。"

"这就是劳动后的结果。"定达看着雪芹开心地说。他开心见到雪芹能为小牛家做一点力所能及的事，开心雪芹在这样的环境下与大家共进午餐。

下午不多时，曹定达就将水田耕完。小牛扛来木耙，他站在木耙上，让大黄牯拉着带铁齿的木耙在水田地往返奔走，翻耕后的泥土渐渐平整起来。小牛站在木耙上开心地唱起放牛小调，脆脆的歌声飘荡在田野上空，让雪芹竟然有一点儿羡慕。

# 小伙伴河湾捉鱼

太阳还未落山，田里的活儿已全部干完。麻雀也不再飞来。收工回到小牛家，只见几个十几岁的小男孩儿正在门前等候小牛。他们告诉小牛，前些天伙伴们在河湾筑成的围堰现在要放水捉鱼。小牛兴致勃勃地从屋檐下取下一只鱼篓对雪芹说："我们去捉鱼，你想去看吗？"雪芹十分高兴地答应了，银荷正欲阻止，桃花拉住她说："没事的，我们就站在岸边看。"

曹雪芹跟着小子们来到河边，见河湾处的围堰已打开了一个缺口，一个男孩把渔网支在缺口外，正从网中抓住一条鱼往鱼篓里放。小牛和伙伴们欢叫着奔了过去。这围堰是前几天这些小子筑成的，下雨天河水大涨漫过堤堰游进了鱼，现在河水消退就有鱼儿被困在围堰里，挖开一个缺口放水，堰里的鱼有的就流进网中，水放不干的地方，尚须人去捉。

雪芹三人坐在岸上看小子们捉鱼。不多时，雪芹见小牛两手抓着一条大鱼朝自己跑来。小牛喘着气将鱼摔到自己面前，咧着嘴笑道："我抓着了一条大鳜鱼，鱼篓装不下，你们给看着。"说完又跑了回去。

桃花见这条鳜鱼有十多斤重，长长的身子在地上蹦跳，她担心鱼会蹦下河岸，就上前将鱼按住，不料这鱼一个挺身蹦起挣开了桃花的手，桃花就咯咯笑着喊银荷帮忙。

　　大自然真慷慨，它既给人类以食物馈赠，又给孩子们带来欢乐。雪芹心里痒痒的，趁着银荷不注意，脱下鞋就跑向河湾。

　　雪芹赤脚进到围堰里，围堰里的水已经不多了。鱼儿在脚下乱窜，喜得雪芹弯腰就抓，鱼儿滑溜溜的，雪芹总是抓不住，众小子见了一起开心大笑。小牛便教他必须双手抓鱼，一手抓鱼头，一手捉鱼尾，雪芹按照小牛的话去做，果然就抓着了一条小鲫鱼，他高兴地将鱼放进小牛的鱼篓，转身又见一条鱼露着背脊游到面前，他赶紧弯腰去抓，居然也将鱼捉住了，这是条两斤多重的鲤鱼。鲤鱼力大，刚离水就啪嗒嗒挣脱雪芹的手，哗啦啦一路窜上了沙滩，雪芹惊喊着追上沙滩将鱼紧紧按住，笑着说看你还往哪里跑。

　　这天晚上，小牛的家中飘着浓浓的鱼香。大家兴高采烈地围坐桌前品尝鲜鱼。小牛母亲特地将一盘红烧鲤鱼端到雪芹面前说："这条鱼是你捉的，我特地烧给你吃。"雪芹吃着就感觉以前吃过的山珍海味全不如这条鲤鱼鲜香。

# 曹家巷恶犬伤人

庄上住了几日，曹定达记挂布行的生意，和太公商量要带雪芹回南昌。太公说："你是生意人，理应回去了。公子在庄上住了几天，我看他成熟了不少，到了南昌你怎样安排他？"

定达说："到了南昌，自然是住在我家。我的夫人有点学识，家里又有书房，他们会谈得来，不会寂寞。至于住多久，要看南京曹家的情况变化而定，我已交代了我的朋友老船家，十日左右给我来信一封。若是老天垂怜，曹頫大人有幸逃过一劫，那是皆大欢喜，我随时送公子回家。目前就是稳住公子，让他在南昌安心住下。太公，你看这样安排可好？"

太公点了点头，想起一桩事又说："昨天朱有志来找我，说他到南昌购进一批榨油的黄豆后，特意去了一趟曹家巷。在曹家巷他听人说巷里有一座古宅要卖，不知是不是我们的祖宗善翁住过的。假若是真，价钱也合适，我倒想把它买下来。你可前去打听一下。"定达点头说好。

第二天上午，太公领着桃花、小牛和长毛刘，为定达、雪芹送行。

长毛刘在太公侄子家住了几日，剪发沐浴、新衣新帽，俨然变成了一个可爱少年。雪芹对他说："好好念书，为太公争气。"长毛刘使劲点头答应。

曹小牛过来，雪芹念他为自己奋不顾身，偷偷塞给他一只玉佩做留念。桃花舍不得银荷，两人抱在一起洒泪。

太公嘱咐雪芹道："记得曹家庄，我们随时都欢迎你再来，你可记住了？"

"我记住了，太公多保重。"雪芹含泪回道。

在以后苦难的岁月里，雪芹眼前多次浮现过太公慈祥的面孔和他殷切的嘱咐，动过去武阳曹家庄的念头，却终因种种原因未能如愿，以致留憾终生。

曹定达带着雪芹、银荷一到南昌就直奔顺化门，在顺化门附近找到了曹家巷。

曹家巷是一条青石板砌成的长巷。巷子两边的房子多为旧屋。巷口有一座古宅，墙面上布满爬山虎，墙脚苔藓处处，屋瓦沟上沉积的尘土里长着小草丛丛，呈现出宅子的古老和沧桑。

这古宅到底是不是善翁老祖宗居住过的房屋呢？曹定达走上前拍了拍大门上生锈的门环，半天不见有人出来，莫非宅中无人？定达疑惑猜想。瞧见巷中有一个老妇人拄着拐杖走来，他上前向老妇人询问，老妇人说如今曹家巷里已经没有姓曹的人家，这座古宅听说很早以前确实住过一个姓曹的名人。房屋已翻建多次，如今住的是一个姓李的老汉。李老汉的儿子在外经商不善，年年亏损，现在卧病在床，家境是越来越穷，听说李老汉正要卖屋筹钱给儿子治病。

正说话间，巷口走来三个中年男子，他们还牵着一条大狼狗，这条狼狗张嘴吐舌露着利齿，眼光瘆人可怕。这三人走到古宅前便猛拍门叫喊，这一回古宅里终于有人开门，一个七旬老汉开门探头一见那三人，急忙就要将门关上，这三个男子上前推门强行就要闯入，老汉便朝门外大声叫喊："来人啦，快来人啦，有强盗哇！"

曹定达见状，吩咐银荷看好雪芹。他大步走了过去，朝那三人喝道："青天白日，你们为何强闯民宅！"

那三人当中有一个白脸鹰钩鼻的人走了出来，正要发作，见曹定达气宇不凡，身后跟着一个华服公子和一个漂亮丫鬟。他愣了一下神，眼珠转了转，脸上挤出一丝假笑对定达说："这位兄长有所不知，这座宅子，李老头前些天已经卖给了我，他现在违约不搬，我们正要劝说。"

大门里的李老汉听见急忙出来对曹定达喊冤："五百两卖房银，他只给了五十两就要强占我的房子，天下哪有这样的道理！"

"前天我和陶小江已经付清了全部银两，让你今天搬家你不搬，还公然喊冤，我看你是活腻了！"鹰钩鼻恶狠狠地对李老汉说。

李老汉听了，气得浑身发抖，哆哆嗦嗦地说："鬼才见你前天来我家付银！"他转向曹定达，"这是天大的冤枉啊。"

曹定达想了想说："你们拿出契约给我看看。"

鹰钩鼻身后两个打手模样的人走了过来，那个牵狼狗的打手指着定达凶神恶煞地喝道："你是什么人？凭什么拿契约给你看！"

"就凭我的祖上曾经是这座房子的主人，我就有权过问！"定达理直气壮地说。

鹰钩鼻见巷口围观的人越来越多，就从怀里掏出一张纸递到曹定达面前说："那你就好好看吧。"定达接过，果然是一纸契约，上面写着：

卖房人李平将曹家巷里房屋一栋卖与买房人谢三。议定房款银子五百两，当场付五十两，余下四百五十两，两日内付清。第三日李平搬出。

卖房人李平

买房人谢三

中间人陶小江

此契约一式三份，由李平、谢三、陶小江各自保存一份

雍正×年×月×日

契约上还有三个鲜红的手印。

定达心想，这契约写得清清楚楚，为何还有争端？他将契约还给鹰钩鼻，鹰钩鼻谢三得意地说："我们可不是无理取闹，两天里我已将五百两房银付清，他现在却赖着不搬走。"

李老汉拍着膝盖喊："你胡说！签约时你付了五十两银子，说第二天会同陶小江到我家付清剩下的四百五十两，第二天我从早等到晚不见你们的人影，昨天你们倒是来了，红口白牙说四百五十两银子前天已经给了我，逼着我今天搬家，这不是强盗吗？"

"可否把中间人陶小江找来一问？"曹定达说。

"陶小江做买卖今日一早出了门，他说半个月后才能回来，我可没有时间等。"谢三摇晃着头说。

定达见这事有点复杂，就说："你们都说自己有理，我看当然是一个有理，一个无理，何不去衙门，让官府去判断？"李老汉就问去哪个衙门，定达说南昌府、江西巡抚衙门都行。

李老汉听了，当即就说要去官府喊冤，拔腿走出巷口。定达就知是李老汉冤枉，是谢三巧取豪夺要霸占古宅。

谢三见李老汉走出巷口，立刻变了脸色，他朝牵狼狗的打手一使眼色，那个打手就放开狗绳，一声口哨，手指向李老汉，那狼狗就飞奔过去，张开嘴咬住李老汉的腿不放，疼得李老汉大呼救命，围观的人吓得四散躲开。

曹定达对谢三说："你这样强横霸道，就是你的不是了，还有没有

123

天地王法？还不快快唤狗回来。"

鹰钩鼻谢三冷笑道："我既敢做，就不怕天地。我奉劝你不要多管闲事，早早离开这里的好。"

# 柳湘莲拔刀除强

定达正要回言，忽见围观人群中一个白衣青年挺身而出，口中呼喊："清平世界、朗朗乾坤，怎容得恶犬伤人！"只见他拔出腰中剑，飞身上前，一剑刺中了那狼狗的腹部，那恶狗负疼，松开咬着魏老汉的嘴，挣扎着脱开腹中剑，扭身张嘴跳起就要咬白衣人，白衣青年不慌不忙，提起手中剑朝恶狗张开的大嘴刺去。这一剑力道了得，利剑从狗嘴中刺进，刺穿狗头，剑锋从恶狗的颈项露出，接着他手一抖抽回利剑，那恶狗在地下翻滚几下，嘴喷鲜血一命呜呼，白衣青年将剑在死狗身上擦了擦，将剑插回剑鞘，神色泰然自若就要离开。

谢三此时勃然大怒，他对身边两个打手喝道："那小子目中无人，你俩还不快去给我收拾他！"

两个打手听后就向白衣青年奔去，一边走一边脱下上衣朝地上一扔，只见他俩一个胸前文着一只虎，另一个文着一只豹，一左一右奔到白衣青年的面前。胸前文虎的打手怒气冲冲指着白衣青年喝道："你休想离开！你天大的胆，敢杀死我的爱犬，谅你也赔不起，就用你的命来还吧！"聚起全身气力，一个黑虎偷心对着白衣青年当胸就是一拳。白衣青年见他来势凶狠，急忙向左一闪，心想你上来就想要我的命，那我也不必仁慈，屈身右脚猛力一扫，正中打手的小腿，文虎的打手"哎呀"一声向前栽倒，额头撞在青石板上，鲜血直流爬不起来。

胸前文豹的打手见了一愣，抢身过来挥拳朝白衣青年的头部击去，白衣青年举拳相架，两个人你一拳我一脚搏斗起来，一时难分胜负。鹰钩鼻谢三瞧了一会儿，脸色渐渐阴森狰狞起来，他从腰间拔出一把匕首，不声不响就朝着白衣青年身后走了过去。

曹雪芹自事情发生，一直站在定达身后。他佩服定达叔的仗义执言，敬佩白衣青年的见义勇为，他厌恶人世间的丑恶。此刻，他见白衣青年有危险，不顾银荷的拉扯，跑过去对白衣青年喊道："大哥要当心后面有人暗算！"

白衣青年听见，抬头见是一个少年公子在提醒他，偷眼后瞧，果然有一个人手握短刃要偷袭他。他反倒开心起来，任拳脚功夫，要打倒面前的打手尚须费一番功夫，若使兵刃，自己腰间的鸳鸯剑少有人敌。江湖上有一条不成文的规则：对方不用兵刃，己方便不能用，刚才拳脚相向，自己腰中的剑还有点碍事，这下可好，他们动用兵刃，于我求之不得。他一个闪身跳开，拔出腰间宝剑擎在手中，哈哈一笑说："你们现在收手还来得及，否则休怪我宝剑无情！"

胸前文豹的打手见了就对鹰钩鼻谢三说："谢三哥你快离开，你这一插手有违江湖规矩，你站在旁边看我打倒他。"

谢三冷笑一声："你这个奴才，这个时候还跟我说什么江湖规矩，快快上前，你我二人今天必须将这人打倒，否则我们还有什么脸面在这里混！"他举着匕首，号叫着玩命向白衣青年冲过去。

白衣青年见那个打手站立不动，只有谢三疯狂般朝他冲过来，他大喝一声："你这是自找苦吃！"右手利剑一挥，正中谢三握着短刃的手，削断了他的两根手指，匕首"当"的一声掉在地上，谢三捂着流血的手狠狠地盯着白衣青年。胸前文豹的打手谁也不理，扶起跌伤的那个打手默默不语地离开了现场。

这当口儿，地保和李老汉带着几个捕快来到。曹定达上前将发生的事情向捕快一说，一个捕头掏出一根绳往谢三头颈上一套，说："你这个谢三，顺外门（指顺化门）一霸，今日作恶到头，送你去衙门问罪法办。"叫上地保和李老汉，押着谢三走了。

雪芹想找白衣人，哪知白衣人早已不见踪影。定达说："白衣青年是江湖好汉，不喜张扬的，今天若不是有他，李老汉可要吃大苦。"

曹雪芹看着定达说："想不到叔叔也是个见义勇为的人。"

定达摇头说："我是生意人，平素很少惹事，今日若不是在曹家巷，我就不一定会多事。总算还好，善翁老祖宗的房子没有被恶霸侵占。太公想在这里买屋，我看此时还不合适，过些时候再说。"正说着，一个七八岁大的小男孩走过来交给雪芹一张纸，雪芹接过一瞧，只见纸上写着：我住在安泰客栈，欢迎公子前来相述。小男孩说是那个白衣人让他来的。

曹雪芹喜出望外。他有生以来不知江湖人士何等模样，今日见白衣人仗义执言、除暴安良，方知世上果有义士豪杰。只是好奇他这般年纪怎么会有一身的本领，如若结识，不枉来世一场。他问定达安泰客栈在哪里，定达说安泰客栈是南昌有名的客栈，就在万寿宫附近，离他布绸行也很近，我正要去布行，顺路你正好可以去找他。

银荷不放心就问："那个人为什么要见公子？"定达说："还不是刚才雪芹公子见他有危险，跑过去提醒他，他心存感激便想与公子结识。"银荷有些担心地说："公子年少，最好不要卷入是非。"

雪芹说："大事已过，现在哪来是非？我是定要去找他不可。"定达也觉得此事可行，他也想认识白衣人，便领着雪芹前往安泰客栈。

他们找到安泰客栈询问，客栈的人说白衣青年住在客栈二楼，已经等了他们一会儿，刚才白衣青年的姐姐来寻他，他就跟着姐姐走了，走前交代客栈老板说晚上他一定等候。

定达有些为难，他本打算让雪芹跟他去布行，之后带他回百花洲自己的家，如果晚上在客栈耽搁，不知何时才能回去。曹雪芹却高兴地说自己从来没有住过客栈，这下正好有机会在客栈住一两天，叔叔不是说要让他多长见识吗。

定达见雪芹用渴望的目光望着自己，便在客栈开了两间单房，见银荷不高兴，也不理她。住房的手续办妥后，定达带着雪芹和银荷前往自己的绸布行。

# 万寿宫英雄救火

曹定达的布行开在万寿宫前的一条街中间。这里商铺林立，很多店铺还是连在一起的。铺面上摆设的货物琳琅满目，氤氲香气不息。街道两旁有众多小巷，筷子巷专卖各种筷子，胭脂巷有各色的胭脂，嫁妆巷专营嫁妆品，扁担巷有竹木不同的扁担，木桶巷中陈设着各式各样的木桶，真是令人眼花缭乱。街巷里人来人往，摩肩接踵，一派熙盛繁华景象。

来到定达的布行，雪芹见宽大的门前上方挂着一幅横匾，上书金色"定达丝绸布行"几个大字。柜栏前客人拥挤，四五个伙计搬货忙碌，账房先生见定达带着雪芹等人来了，连忙叫伙计搬来凳椅让定达和客人坐下，自己拿来账本给定达过目。

定达看过账本，心中很满意。自己离开的这些日子，商行依然生意旺盛。他却不露声色，带着雪芹和银荷在商行里外转悠。走出后门是仓库，两者之间摆放着四口盛水的大缸。雪芹家的院子里也有一口这样的大缸，可比这些缸好看美观，缸外有山水图案，缸里养着莲和鱼。他不知定达商行摆这些缸的用途，正想开口问，却见定达喊来一个伙计，变了脸色斥责道："我交代过你这缸中必须保持水满，为什么现在只有半缸水？"

那个伙计看了看缸中之水，吐了吐舌连忙说："是我疏忽了。前日

|129|

从赣州来了一个大客户，从我们商行进了不少的货，他带来的人忙了半天说累了、脏了，就用水缸的水洗用，是我忘了补充。我现在就去挑水。"

雪芹等伙计一走，就问定达："这缸里的水派什么用场？"定达告诉他是为防火灾。几年前附近的一条街上发生过一次大火，由于扑救不及时，连着烧了二十多间房屋，还烧死了一个卧病在床的老人。现场一片狼藉，惨不忍睹。定达去看了，回来就买了四口大水缸以防不测。

曹雪芹听定达说话时语气沉重，又见他的头上出现了几根白发，真是创业难守业也不易呀。雪芹心中不免感叹。

定达带着雪芹在商行巡视了一圈。回到柜台内坐下，账房先生已泡好了茶水等候。

刚坐下不久，猛听见街上有人高声喊叫："失火啦，失火啦，快去救火呀！"

大家慌忙跑出去，只见不远处的一条巷口，正冒着滚滚浓烟。少顷，浓烟处火光腾起，映红了半边天。

真是怕什么来什么，定达心想。他看了一下起火处离他的商行相隔着十多家店铺，还好今天没有起风，火势的蔓延应该不会太快。他急忙对账房先生交代说："你领着人，先用水浇湿墙壁和屋面，如果大火控制不住烧过来，就赶紧把店里的货搬到后面的仓库！"又对雪芹说，"我去火场，你和银荷就在这里待着。"

定达说完，带上一个伙计，拔腿就往火场跑去。雪芹哪里肯听，对银荷说他要跟着定达。

"水火无情，又不关你的事，你去干什么？"银荷拉住雪芹的手不放。

"你不见定达叔神色慌张，脸色都变了，我要过去看着他。"雪芹坚决地说。

银荷拉不住雪芹，只好也跟着他向火场跑去。

雪芹在街上跑着，只见有人在敲锣呼喊，更多的人提着水桶，拿着木盆往前赶。十来个扛着木梯、拿着火钩的士兵也跑了过来。

火是从巷口一家棉花店烧起来的。这家店的老板临时出门办事，就叫刚从乡下来看他的老父亲坐在门前看店。老人坐在门前抽旱烟，抽完一袋便朝地上敲烟枪，使的劲大了，烟灰弹进店内的一堆棉花里，火星就燃着了棉花。开始还不知道，待火势发起，已扑救不及。大火不多时就波及相邻的一家油漆店，火势更加猛烈起来。

好在巷口有一水井，俯身就能打水。一时间，盛着水的大小水桶、木盆在人群中传递。站在火边的人，接过桶、盆就将水往火里泼去。在传递的人群里，定达看到了雪芹和银荷。

泼水控制了火势，一时却难将火扑灭。不多时，大火又蔓延到相邻的一家瓷器店。

瓷器店老板是个三十多岁的妇女，此时，她正披头散发地往外搬出一箱瓷器，眼看大火烧过来，她不禁号啕大哭："完了，我的瓷器店啊！"一边哭着，一边又要往店里冲。

一个白衣青年跑过来，一把将她拉住，大声说："姐姐，不能再进去了，危险！"雪芹看见，大吃一惊，这白衣青年，不正是在曹家巷中见义勇为之人吗？他回头看看银荷，银荷也点头说就是他。

"钩倒房子，阻断火路！"救火的士兵中有人高喊。

立时，几把火钩伸出来，屋檐和门窗很快被钩倒，几个士兵搭梯上屋，一时间，木料、瓦片纷纷落下，有的砸在瓷器上，传出声声脆响，见此情景，女店主哭坐在地。

士兵清空了屋面，却钩不动木梁，眼见房梁的一端还在熊熊燃烧，一时不知该如何是好。

扶着女店主的白衣青年见状，站起身来，抢过身旁一个士兵手中的铁棍，迅速蹬梯上屋。只见他将铁棍奋力插进瓷器店和相邻珠宝店之间的横梁交接处，使劲向后一扳，只听"轰"的一声响，一根带火的房梁被撬落掉地。

白衣青年身手敏捷，跃上几步又奋力将第二根横梁撬落。紧接着，一根根横梁都被他撬下，只剩下房顶那根粗大的主梁了。

雪芹见白衣青年将铁棍插进主梁之间的缝隙处，费力向后扳，却再无力将其撬下。在火光映照下，雪芹见他汗流满面，气喘吁吁，雪芹的心几乎要跳出来了。

危急时候，两个士兵爬了上来，三人合力，一声大喊，那根粗大的主梁终于被撬落掉下。白衣青年这才长长出了一口气，下面的曹雪芹也放下心来。

众人冲进瓷器店，泼水的泼水、扑打的扑打，不多时，大火终于被扑灭。

"好汉！好汉！"待白衣青年回到地面，众人围着他齐声呼喊。

"恩人哪，是你保住了我的店，我该怎样感谢你呀！"相邻珠宝店的黄老板挤过来，朝着白衣青年就要跪下。

"使不得，使不得。"白衣青年急忙扶住他，说，"黄老板休要谢我，你看，今天来了这么多百姓和士兵，大家都出了力，要谢就谢他们吧。"

众人见白衣青年如此姿态，更是敬佩不已。

此时，曹定达走过来。黄老板看见，对定达说："这位柳公子真是难得，为了断绝火路，不惜毁了他姐的店。曹兄，我们得好好报答他。"黄老板和定达二人是这条街上有名望的商人。两人常有往来，故而兄弟相称。

"瓷器店被毁，我们自不能袖手旁观。何况这柳公子非同一般人物，他今天上午在曹家巷就做了一件了不起的事。"定达说。

曹定达上前询问白衣青年，得知他姓柳名湘莲，湖南常德人。前些天来南昌探望其姐，不料想碰上这场火灾。

"哥哥你真了不起。"曹雪芹挤上前来，拉住柳湘莲的手说，"见了你的字条，我们就到客栈找你，谁知在这里遇到你，又看到你这一番英雄举动。"

柳湘莲道："原本约你在客栈见面，不承想我姐到客栈找我，现在我姐的店烧了，我们改日谈好吗？"

"我现在已经在安泰客栈住下，只要你有空，我们随时都可一起交谈。"雪芹告诉他。

柳湘莲原本留下字条就是想结识雪芹，现在看到曹雪芹更是欢喜，又见雪芹身上有多处水痕，知他也参与了救火，不是纨绔子弟，又添几分高兴。

雪芹见柳湘莲白衣白裤，白玉似的脸上鼻梁高挺，朗目剑眉中透着一股英雄气概，高兴地说："哥哥今天两次奋不顾身，小弟十分敬佩！"

"你一个公子哥儿亦来救火，也是非常不易。"湘莲道。

两个性情中人，虽然今日初次见面，却好像是多年的朋友，亲热地拉着手交谈。

"我可怎么办哪，湘莲？"瓷器店女老板哭着走过来。

"姐姐不要悲伤，弟弟会帮助你的。"柳湘莲安抚姐姐道。

定达和黄老板商议，两人各出五十两银子，帮助柳湘莲的姐姐渡过难关。定达忽然想起黄老板不久前在云南进货被抢，手头肯定不宽裕，又改议黄老板出二十两，自己出八十两银子。

　　当晚，他二人就把银子交给了瓷器店女老板。柳湘莲初时不肯，说老家尚有余力可助，经定达和黄老板再三劝说，柳湘莲方才让姐姐将银子收下。柳湘莲的姐姐在南昌虽有家，只是姐姐刚生了一个两个多月大的婴儿，又请了一个保姆，房小人多，故而柳湘莲暂居客栈。告别了姐姐和曹定达，柳湘莲同雪芹银荷来到安泰客栈歇息。

# 古玩街湘莲当剑

次日早上，曹雪芹和银荷在客栈楼下吃着早点。雪芹正思量着要去找柳湘莲，却见柳湘莲正走下楼来。

"正想着要去看你，可巧你就来了。"曹雪芹笑着迎了上去。

"我现在要出去办点事，回来再和你说话。"柳湘莲说。

雪芹见柳湘莲今天穿着一袭皂色衣服，腰间佩挂着一把鞘带紫红色的宝剑，不免好奇地问："你这是要到哪里去？"

"你不要多问，我很快就会回来的。"柳湘莲面色有些凝重。

"我要跟着你。"雪芹拉着柳湘莲的衣袖说，"定达叔说明天带我去看南昌的名胜古迹，让我今天在客栈歇息。在客栈待一天，你待得住吗？你就发发慈悲，让我跟着你，好不好？"

柳湘莲见他这般说，软下心来道："走吧。"

柳湘莲领着雪芹、银荷，穿街过巷，来到了一条幽静的古玩街上。

走到一处当铺前，柳湘莲忽然停了下来。他指着街的对面，对雪芹说："那里有个说书场，有一个盲人说书，引人入胜，我听他讲过一段豪杰的故事，非常过瘾。你们先进书场听书，我办完事就去找你们。"

雪芹见柳湘莲要进当铺，立即拦在他面前说："你进当铺干什么？为什么要当东西？"

柳湘莲苦笑了笑，道："你是富家子弟，怎知百姓多烦忧。我姐姐的店被火烧没了，做弟弟的总该帮一下吧。"

"定达叔和黄老板不是给了你姐银子吗？不够是吧，我还有呢。"雪芹说道。

"我自有办法，你不要多事。"湘莲有些生气，甩开雪芹的手，大步走进了当铺。雪芹紧跟着也进了门。湘莲回头看见，无奈地摇了摇头。

当铺里很安静。高高的柜台里，站着一位戴眼镜的老掌柜。柜台外，立着两个身材壮实的顾客，一个红脸膛，下巴一撮络腮胡；一个黑脸，双耳只剩一只。这二人本要离开，见柳湘莲三人进来，又立在一旁观看。

"客官要当什么？"老掌柜向着柳湘莲打招呼问。

"我当一把剑。"柳湘莲解下腰间佩剑，双手递上。

老掌柜接过剑细瞧，但见剑鞘紫红，上刻双龙，又镶珠宝，晶莹闪亮，将靶一揲，却是双剑，一把錾着个鸳字，一把錾着个鸯字。剑身如雪，寒气逼人。

"是把鸳鸯宝剑！"旁观的红脸络腮胡探头瞧见，惊讶一声，眼中露出贪婪之色。

老掌柜暗抽一口气，知是把宝剑。他将剑插回鞘里，问："公子要当多少银子？"

"你不说价先问我？也好。我想当银二百两，三个月后我来赎回。"湘莲道。

"给你一百二十两，可否？"老掌柜试探地说。

"我这把宝剑乃祖传之物，价值多少，掌柜的应该心中有数。我若不是急用钱，也不会来此当出。"柳湘莲诚恳地说。

"一把剑再好，到了当铺也就值这个价。这样，我再添十两，一百

136

三十两。若是超过这个数，就请公子上别处。"老掌柜面无表情，将剑还给了湘莲。

湘莲正欲再说，一旁观看的红脸络腮胡走了过来，对湘莲道："我给你二百一十两银子，你把这剑卖给我。"

"我只当剑不卖剑。"柳湘莲冷冷回道。

"你急需银两，当铺不帮你，我帮你，我这是好心好意。"络腮胡皮笑肉不笑地说。

"我和你相识吗？谁知道你安的什么心。"湘莲道。

"你这人好不晓事，我出高价买剑帮你，你却不领情！"络腮胡绷起脸上的横肉，怒声道。

湘莲亦怒，指着络腮胡道："我的事与你毫无关系，你休要在这里胡搅蛮缠！"

络腮胡挺身上前，举起拳头向柳湘莲威吓："你说我胡搅蛮缠？我好心做好事，空惹一身骚，你今天惹着了我，就不怕我王某的拳头吗？"

柳湘莲哈哈一笑："你这市井泼皮无赖，一下子就露出原形。你这强徒，今天碰到我，也活该你倒霉！这样，我们出门相搏，免得打坏店里的家什。"

曹雪芹急忙上前拉住湘莲，柜台里一个年轻的伙计也出来对柳湘莲说："公子不要动怒，休要与他一般见识。"又对络腮胡说："人家要当的是传家之宝，你没有一丝理由强行买剑。"那边络腮胡的同伙也拉住络腮胡劝阻。

曹雪芹轻声对湘莲说："你急着用钱，怎么不和我说？银荷，你带了银子吗？"

银荷过来，解开身上的包袱，小声地对雪芹说："只带了三十两，客栈里还剩三十两。"她随即取出银子交给了雪芹。

雪芹接过，把银子使劲塞在柳湘莲的怀里，拉着他出了当铺，开开心心朝着街对面的说书场走去。

"雪芹公子，你的好意我心领了，但你的银子我不能要。"柳湘莲在说书场门前，将怀中的银子掏出塞回到曹雪芹手中，"你们住在客栈，随时都要用钱。"

"我们还有余钱，再说还有定达叔。"雪芹坚决不肯，把银两再次放到湘莲的手上。湘莲力气大，仍将银子还给雪芹，雪芹又死活将银子塞进了湘莲的怀里。

见有路人围观，雪芹道："我俩在此拉扯，别人还以为哥哥欺负弟弟呢。"湘莲听了，叹了口气，这才将银两收好。

进了说书场，见左边一张桌子后面，坐着一位盲人。桌前贴着一张纸，上书"李三保下山"几个大字，下边又有小字一行——侠肝义胆，武功超群。

盲人桌前，摆放了几排长凳，却是无一人落座。

柳湘莲心中纳闷，前几天自己来听盲人说书，那精彩的故事吸引了不少听众，今天他的面前怎空无一人，再一看，原来说书场里多了一个说书人。

右边一张桌，坐了一位新来的女说书人。她年纪约四十，面容姣好，风韵犹存。桌前也有一张纸，写的是"豫章城双渐赶苏卿"，下面小字是：风花雪月、才子佳人。她桌前的长凳上，已坐有十多位听众。

见了雪芹三人进来，女说书人站了起来，笑脸相迎道："三位客官请坐。现在听众已满二十人，我就开始说啦。"雪芹见女说书人殷勤，便拉着柳湘莲上前坐下。

女说书人将手中竹板在桌子上一拍，顿开银嗓："各位，我今天要说的故事，就发生在本地，北宋时豫章城里发生的一段进士双渐追恋歌女苏小卿的风流佳话。"

听了一会儿，雪芹见柳湘莲有些心不在焉，知他是英雄豪杰，不喜听这风花雪月之词，就吩咐银荷拿三十文铜钱，丢在说书人桌前的纸箱里。

三人起身离开。路过盲人桌前，柳湘莲停下脚步，从身上掏出几个铜钱，放在盲人的桌上。这盲人察觉，就道："谢谢这位客官，想必是一位熟客，且是豪爽之人，你下午请来听我说武侠故事。"

"先生不要客气。下午我有事不能来，改日我会来给先生捧场。"柳湘莲答道。

依雪芹的意思，还要去客栈取些银子给湘莲。柳湘莲哪里肯，说："有你定达叔和黄老板的相帮，再加上贤弟的相助，这些银子已经够了。我的老家尚有资产，待我姐的店重建之后，我就回家取钱还给你们。"

"你若是给我还钱，我就立即将它丢进水里！"雪芹生气道。

"萍水相逢！"柳湘莲按着雪芹的双肩，动情地说，"结识贤弟，是我柳湘莲此生之幸。可让你来帮助我，却又让我羞愧难当。"他此生来从未受过别人的恩惠，更何况是曹雪芹这样的少年。

曹雪芹回道："哥哥对我千万不要见外，谁没有一时之难。我同表哥有一回在北京天桥下听人说书，隋唐大英雄秦琼落难时也卖过马。你若是真心把我当亲兄弟，这样的话就不要再提。"这一番真诚之言，说得柳湘莲热泪盈眶。

柳湘莲要去姐姐处，雪芹只好和他分手，与银荷一道回到客栈。

在他们回客栈的路上，丝毫不知有两个人在偷偷尾随。

# 曹雪芹被囚怪石洞

安泰客栈，夜深人静。

睡梦中，曹雪芹依稀闻到一股烟味，他想睁眼，却怎么也撑不开眼皮，瞬间又昏沉睡去。

不知过了多久，雪芹感觉浑身发冷，两手酸痛，他努力睁开眼，不觉大吃一惊，原本好好地睡在客栈的床上，现在怎会被人捆绑双手，躺在石洞里的一块石板上！

"银荷！"他喊。

没有银荷的回应，只有水珠从洞顶掉下的滴答声，洞外，间或传来野兽的长嗥。

"救命啊！"恐惧的雪芹大声叫起来。

洞口传来脚步声，走进来两个提刀的壮汉，雪芹一看，正是日前在当铺遇见的那两个人。

"你们为什么把我绑到这里？"雪芹带着哭腔问。

"你是富家子弟啊！你休要喊叫，这怪石洞地处荒山野岭，你就是喊破喉咙也无人听到。只要你家送来银子，我们就会放你的。"那个黑脸缺一只耳朵的强盗说。

"三天期限，三天不见你家送银子来，休怪我们不客气！"那个长着络腮胡的强盗，扬起手中的刀，恶狠狠道。

雪芹听见有三天时间，惊惧的心稍稍平静了一些，有三天的时间，定达叔、柳湘莲一定会来救自己的。

雪芹心绪稍定，对络腮胡说："我母亲对我说过，好人有好报，作恶终究会遭殃，你们现在是作恶，赶快改了吧，如果你们没有钱用，我把我的钱全都给你，行吗？"

络腮胡听了忙问："你有多少钱？在哪里？"

雪芹如实说："在客栈我的丫鬟那里，大约会有几十两吧。"

络腮胡听了哈哈大笑："几十两银子就想让我放你，我是没见过钱的人吗？你看看！"他从贴身衣服里摸出一块金饼，在雪芹眼前一亮说："老子金子都有，现在就等你家送两千两银子来，我们就放你回去。"

两个强盗在雪芹身边的一块石头上坐下，摊开带来的酒菜，一边吃着，一边东一句西一句地闲扯起来。

雪芹在旁边听了半天，大致知道了他们的来历。

原来，这两个强盗是山东昌邑人，他二人不务正业，专以盗墓为生。有一回，他们偶然听到传闻，说是江西也有一个叫昌邑的地方，是西汉时海昏侯刘贺的属地。刘贺原本在山东，是为昌邑王，十八岁那年，皇帝驾崩，因他是汉武帝之孙，在大司马、大将军霍光的力荐下，皇室下诏让刘贺入长安继承帝位，这刘贺性格懦弱又荒淫好色，仅做了二十七天皇帝就被霍光和皇室贬为庶民，十一年后，朝廷在江西鄱阳湖边给了他一块地，封他做了个食邑六千户的海昏侯。

刘贺来到江西，在属地筑城建房。他思念在山东为王时的逍遥时光，昌邑，昌邑，昌邑王！刘贺一生就像坐过山车，做过王，做过皇帝，当过平民，现在又为海昏侯，百般滋味都尝过。而让他最怀念的是在山东昌邑做王的快乐时光，他拥有巨额的财富，过着养尊处优的日子。他见封地是一片山丘，立马就将此处唤名昌邑山，就连山边的一条溪流也取名昌邑河。他虽是个侯，来江西时却带来大批的金银珠宝。刘贺死后，这财宝大部分都随着他埋入了墓地。

斗转星移，时过千余年，海昏侯的城堡早已荒废，江西人渐渐忘了刘贺，可在山东昌邑，昌邑王刘贺和他的财富故事却一直在民间流传。

这两个盗墓贼偶听传闻，心痒难耐。二人结伴来到江西，在南昌府新建县昌邑境内，寻寻觅觅，居然真让他们找到了刘贺的墓地。大白天，两人公然挖开了墓穴。进入穴内多时，在一处棺木旁边竟然找到了两块金饼。就在他们狂喜之时，洞口传来一阵愤怒的叫喊声，二人提心吊胆爬出洞穴，见四周站立着几十个手拿木棍、铁锹的村民。当地人最恨盗墓贼，当下把二人打翻在地，又割下其中一人的耳朵，以示警告。而后，村民将被挖开的墓穴填了个严严实实。

二人灰心之余，在南昌城里寻了个住所，做起了坑蒙拐骗的勾当。昨日在当铺，他们先是企图骗取柳湘莲的鸳鸯剑，后见曹雪芹衣饰华美，出手大方，是个富家子弟。于是，他俩一直偷偷跟着曹雪芹，半夜里摸进客栈，用迷香将雪芹迷昏，拿布袋装着，背着雪芹坐船过赣江，将人藏在怪石洞里，做美梦等着雪芹家送银子来。

再说安泰客栈。住在隔房的银荷第二天一早不见了雪芹，吓得大哭起来。柳湘莲闻声赶到，见雪芹床上有一张贼人留下的字条，字条上写着：人在新建县，若要保人，赎银两千，先到昌北牛行问牙人老贾，报官撕票。柳湘莲思索一会儿，料是在当铺里见到的那两个歹人所为，当即到布行寻曹定达。

定达赶到客栈，银荷见了，数日来积累的怨气发作，指着他大声责备："都是你，都是你！是你要让我家公子单睡，若是有我在身旁，怎会出事！"说完又痛哭起来。

见定达难堪，柳湘莲便对银荷道："你不要责怪曹老板，出了这件事，主要原因在我。再说，就是你和公子同住一房，也同样会遭歹人毒手。眼下急需商量如何救人。"

定达唤过伙计，让他去请霞姑和梅香来陪伴银荷。

依曹定达之意，立即筹银去赎人。柳湘莲年轻气盛，又有一身武艺，数年来行走江湖，料歹徒一时不会加害雪芹，定要前往江西巡抚衙门报官。

定达心下左右为难，想雪芹来江西几日里，吃的是家常便饭，自己还硬着心肠不陪他，甚至让曹小牛带他去看草棚里的乞丐，让曹雪芹了解世上最下等之人过的是什么样的生活。本意是好的，心中却难免有些愧疚。幸好，雪芹毫无怨言，甚至非常理想地帮助了他们。后来，又跟着自己去火场救火。雪芹是个富家公子，所做之事，委实难得，倘若这番雪芹出了意外，自己怎么有脸去见曹大人。

见定达犹豫，湘莲着急道："叔叔给我两天时间，就两天！我舍着命也要将公子救回来。若事不遂愿，叔叔再去赎人。"

见柳湘莲如此坚决，曹定达便也同意去官府报案。两人起身要走，银荷擦干眼泪说她也要去。柳湘莲急忙阻止："这是我们男人的事，你就在客栈等候消息。"

霞姑也劝说："你一个弱女子，出门有诸多不便，连走长路都是问题，还是留下为好。"

银荷红着眼睛说："来江西之前，老夫人再三交代我不得离开公子一步，如今公子出了事，我必须尽快找到他，就是死都要和他死在一起！你们放心，我是穷苦人出身，什么苦累我都不怕。"

柳湘莲见她这样说也就点头答应。告别霞姑，三个人便急匆匆赶到江西巡抚衙门前击鼓鸣冤。

# 佟用良智激柳湘莲

时任江西巡抚的佟用良，听到鼓声即刻升堂。曹定达不敢说雪芹是江宁织造之子，只说是自己的侄儿，现被歹徒绑架在新建县，说罢，呈上歹徒勒索银两的字条。

这江西巡抚佟用良，性情耿直，体恤百姓。他曾筹银万余两重修绳金塔，为赣人称道。此番听了曹定达的陈述，不禁怒上心头，拍案而起道："我江西民风淳朴，治安一向良好，哪容得恶人为非作歹！"说罢，就要派兵前往新建县捉拿强盗。

柳湘莲上前，跪禀道："大人请息怒。处理此事不能人多，人多反易打草惊蛇。请大人派给我几个机灵能干的番役，我定将强盗捉拿归案。"

佟用良是个武将出身，一向刚愎自用，出任江西巡抚三年，施政说一不二，发号施令从不曾有人置疑，此番见柳湘莲提出不同意见心下恼怒，手指柳湘莲大声喝道："大胆刁民，口出狂言，左右把他给我打出去！"吓得曹定达扑通一声跪倒在地，高声喊道："大人哪，他不是刁民，他是英雄啊。"

"不是刁民是英雄，此话怎讲？"佟用良微微一愣问道。

曹定达便将柳湘莲在曹家巷为民除害和在万寿宫救火的壮举向佟用良一一陈述，佟用良听罢捋须沉思。只见台下一名为首的衙役悄悄地走到他的身边对他耳语："这两天满城传言的一个年轻英雄，会不会就是他？"

佟用良听罢微微点了点头，脸色和缓一些却仍瞪着双眼向柳湘莲大声说："你给我站起来说话，你年纪轻轻有何本领就敢在本官面前逞能？"

柳湘莲起身不卑不亢地说道："小人并无藐视大人之意，只是这件事与小人有牵连，并且强盗的来路我也估摸得八九不离十了。"他便将昨日在当铺当剑的遭遇细细陈述了一遍。

佟用良依旧板着脸说："我就信你一回，但你若办不好此事怎么办？"

柳湘莲迎着佟用良逼人的目光沉声说："小人若将事情办砸，任凭大人处置。我就是死……""你打住！"佟用良大喝一声摆手制止柳湘莲往下说。

佟用良做官多年粗中有细，心想你这小子为救人可以不顾生死，万一你死了于我不算什么，可我这场公案怎生了结？这可是关系到我的名声和仕途的大事。

佟用良眉头一皱计上心来，吩咐左右取来笔墨纸砚。他招手让柳湘莲近前说道："你好好地考虑考虑，我让书记写下一纸军令状。"他把军队的那一套激将法使出来："你若活着抓到了绑匪我给你赏银二百两，不但如此，我还要在这官衙设宴为你庆功；可是如果你死了也没有抓到绑匪可怪不得本官，却要连累被害人的叔叔，"他指了指台下的曹定达，"定他以保护少年儿童不力之罪，罚他二百两白银，你可要仔细想好。"

柳湘莲闻言回过头来看了看曹定达，就见曹定达此时也是一副豁出去的表情朝他用力点了点头。

"你可要三思而行啊。"那个为首的捕头在一旁提醒柳湘莲。

"小人愿与大人当堂画押。"柳湘莲神色坦然道。

"那就这样办！"佟用良心下佩服柳湘莲，他立刻吩咐文书写好军令状让柳湘莲签字画押。

"不知强盗藏身之地，你有把握？"佟用良见柳湘莲签字画押后，心下佩服这个年轻人的胆量却仍有些迟疑看着柳湘莲问道。

"正因为如此，才要求我们又要迅速及时、又不能大张旗鼓地行动。"柳湘莲毫不迟疑地回道。

佟用良见柳湘莲英姿勃勃，身板像练过武功的人，又见他说话有条理，心下宽慰。他对柳湘莲心中爱惜，叫来捕头黄天勇低声对他说："你是个有本领的人，让你带衙役也定能抓到绑匪，只是这柳湘莲对绑匪的情况比你熟悉，你二人合作，时间上会快点，柳湘莲救人心切会不计一切后果，你还需好好保护他，我还想以后留他在我身边办事。"见黄天勇点头称是，佟用良立即差下捕头黄天勇，带着三个番役，领着柳湘莲前往新建县。

# 牛行牙人

　　柳湘莲、曹定达和银荷会同捕头黄天勇及三个番役坐船过江来到对岸的昌北牛行。

　　他们来到牛行的房前站下。柳湘莲仔细打量，牛行的房前有一块场地，场地上竖立着一些木桩，有的木桩上系着大大小小的牛儿还有少量的骡马在等待人们买卖。这应该就是牛行的经营之处。几个掮客（俗称牙人）在人畜中走动，凭着一张三寸不烂之舌为牲畜买卖者讨价还价，期待交易成功，这是牙人们的工作。

　　柳湘莲对黄天勇说："要找姓贾的牙人，他看到你们肯定不敢说真话。你们退回到路口，注意不要暴露身影，我和银荷进去找人。"黄天勇点头说好。

　　柳湘莲和银荷走进牛行的屋内，里面一张桌子边有两个人正在喝茶。湘莲对他们抱拳施礼问道："请问老板，这里是否有一位姓贾的牙人？"

　　一位喝茶的老者站起身微笑着说："我们哪里是老板，老板刚才有事出去了。我们两个都是牙人，忙活了半天进来喝口茶歇息。你要找的老贾正在外头忙呢，我带你们去找。"

　　老者姓何，是个热心肠的人，他领着湘莲、银荷出门，走进了充满牛马屎尿气息的场地。老何指着不远处一个身着黑衣的人对湘莲说那个就是老贾。老贾正在一头黑牛边指指点点与买卖者交谈，就听到同行老

---

**147**

何一声喊："老贾，有人找你！"

老贾回头看见来的是两个陌生人，连忙回答："你领他们回屋，我这里马上就好！"这老何又带着湘莲、银荷回到屋内。

老贾做成一笔交易后慢慢地向房屋走去。他是长年的牙人，性格一向贪婪。昨天那两个山东人交给他五两银子，他吃了一惊，一个月费尽心机、鼓唇弄舌都弄不来几两银钱，这一下手中就有了沉甸甸的五两白银，可山东人与他并未深交，只是在几个月前的一个下雪天，这两个山东人牵来一头牛找到他说要卖牛。他当时有些奇怪，心想外地商人贩牛绝不可能为一头牛奔波，会不会是偷来的？他有点迟疑不决。这两个山东人就说只要快点把牛卖了就给他一两银子酬劳，这可是桩好生意，他很快就找到下家把牛卖了，轻轻松松拿到一两酬银。可这一次为什么他们一下就给自己五两银子？据两个山东人说是做生意被人坑了，他们扣押了对方的儿子，这几天若对方的家人找他，就说到新建县梅岭怪石洞便可；若来者是官府中人或有官府之人伴随，那就千万不要说真话，要是害他们坐牢，可要当心你老贾的脑袋搬家！老贾这晚不得安眠，思量这事可得要小心谨慎。老贾心神不定走到屋前，见里面歇息的老何和另一个牙人出来，老何对他说："快进去吧，他们等你已经有些着急了。"

"是你们找我？"老贾进屋看到湘莲和银荷。

柳湘莲打量了一下老贾，见此人五十岁上下，身材矮胖，黄脸微须，两只眼不停眨巴，目光中透出生意人的精明又多了一分狡狯。

"向大叔打听一件事。"柳湘莲对着老贾弓身施礼，正要往下说，忽见老贾抬手阻止。

老贾道："请二位稍等一会儿，我小便急了，到房后方便就来。"

老贾假称方便来到房后，警惕地朝四处张望，这一张望，便瞧见了远处的路上隐隐约约站着几个公人。老贾心中一咯噔，身子打了个激灵。他思虑一会儿，又慢慢踱进屋里。

"我与二位从未谋面，有什么事找我？"老贾故作镇定。

"我的侄儿昨日失踪，听说大叔知道他的下落，恳望大叔告之。"柳湘莲用平和的口吻说。

"真是笑话，你的侄子不见了来找我，我怎么会知道？"老贾瞪着两只骨碌碌转动的狡黠的小眼，装出一副生气的神态。

"我们不会平白无故来打扰，还望大叔尽快告之。"湘莲对老贾拱手说道。

"你们可能找错了人，这附近有好些个姓贾的人家，当中有一个比我大几岁的老头有时也会到牛行寻活，你找他问问看。"老贾摊开双手道。

会有这种事？柳湘莲心头一凉。难道真的找错了人？他的心里七上八下。

"我在外头还有生意要谈，可不敢耽误时间。"老贾说着就想脱身出门。

"大叔请留步。"柳湘莲急忙喊住老贾。湘莲见桌子上有茶壶茶碗，便对银荷说，"银荷你给这位大叔倒茶，他做这行生意费口舌，喝口茶歇息一下再去谈生意更好。"

银荷是个伶俐人，她很快就倒了一碗茶，双手递到老贾面前。这老贾便只好双手接住了茶碗。

"大叔请稍坐片刻，我出去把何大叔请来一道商量。我们是为救人这样天大的事，还望大叔体谅包涵。"

柳湘莲出门，脑筋急速思量：前头询问老何，老何一点儿也不迟疑地就带他去找老贾，说明牛行内定是一个老贾无误。问题出在哪里？刚才老贾进屋前说到屋后小便，他去了好一阵才回屋，他在后面做了什么事？这期间很可能出现了状况。湘莲想了想，便向屋后走去。

屋子后头有一个茅厕，茅厕后面是一块开阔地，抬头一望，柳湘莲就瞧见远处路口有两个差役站在那里指手画脚。

这两个差役真是误事的蒋干，柳湘莲心下气恼，可问题的症结也找到了。

为防万一，柳湘莲还是请来了老何，路上，他向老何说明事情的原委，老何就说是他没错。老何说昨天看到有一个外乡人鬼鬼祟祟来找老贾，两人躲在屋后谈了半天。

"大叔请看字条。"进得屋来，柳湘莲从怀中掏出字条递到老贾手上。老贾接过字条一瞧吃了一惊，心想这该杀的山东佬，这种伤天害理的事是要吃官司的，我可不能卷进去。他故作镇定将字条还给柳湘莲说："我真的不知道这件事，我也不认识他们，怎就平白无故把我扯上。"

银荷吃了一惊，心想这人不知道雪芹被关押地点，这可怎么办？心中一急，眼泪就流了出来，她朝着老贾恳求："请大叔慈悲为怀，早早说出我家公子下落。他还是个十几岁的孩子啊。"

"姑娘，你的心情我理解，我也很想帮你们，可我确实不知道你家公子的下落，你叫我怎么说？"老贾反问着银荷。这个老狐狸精，此刻脸上显出无辜和委屈的神色。

柳湘莲沉住气，他观察到老贾一直不敢与他目光对视，递还给自己字条时的手还有些微微颤抖，他料定老贾知道雪芹的下落。湘莲虽然一直盯着老贾的脸，声调依然柔和："贾大叔在牛行做牙人有多少年了？"

"有十多年吧。"老贾这才抬起头看了柳湘莲一眼回道。

"收入还好？"湘莲问。

"促成一笔买卖，有时能挣个半两银子，这还是挣外地贩牛商人的。本乡本土的农民来买卖牛，费半天口舌也只给十几二十文。生意难做啊。"老贾叹了口气说。

"家里有多少人？"湘莲又问。

"上有一个八十岁的老母。我年轻时娶了个老婆难产死了，小孩也没保住，可怜啊。"老贾见湘莲和他拉起了家常，心情放松下来。

"活在世上，都不容易。我家兄长只有一个孩子，却叫坏人绑架了。我现在给你十两银子，请你说出藏人地点，好吗？"湘莲话锋一转，从怀中掏出十两纹银塞到老贾手上。

山东人给五两，面前这个年轻人给十两，这个生意倒做得。老贾思量一会儿正要开口，猛然间想起昨日山东人离开时眼光中有一股杀气，不由得又闭上了嘴，心想这十两银子烫手，要了可能送命，那可不合算。他虽有些不舍却仍把银子还给了柳湘莲。

柳湘莲本想再劝，可时间不等人啊。他心中有些愤怒，转头对银荷说："银荷你去把捕头们叫来，看他还开不开口！"

银荷应声出门。不多时曹定达与黄天勇等人赶到。老贾见了捕快，顿时脸无血色，结结巴巴说道："你们不要逼我，我真的什么都不知道。我上有八十岁老母，我还要赚钱养她。"他边说边跑出门外，跑到了牛市场地上。

黄天勇和几个番役追上去拽住老贾，一时间场上做买卖的人都围了上来，老贾也不管地上有牛屎牛尿，坐在地上叫喊冤枉。围观的人便有指责差役为老贾鸣不平的。

黄天勇掏铁链要锁住老贾带走。柳湘莲有些为难，他知道老贾进衙门迟早会松口，可如此一折腾就会耽误救雪芹的时间。犹豫间忽见银荷走过来朝着老贾扑通一声双膝跪下，她拔出头上那支描花翠凤金银钗扔进老贾的怀中，声泪俱下道："你不就是贪图钱财吗？这支钗价值不菲，你收下吧，换出钱财去孝敬你的老母，这下总可以说出我家公子的下落吧。"说罢对着他连连磕头。围观的人被银荷这番举动震撼，风向立刻转变，你一言我一语又都劝老贾说出真心话。老何也过来说："昨天有人找你在屋子后面悄悄谈话，是不是就为这事？昧着良心来的钱财可不能要哇。"

见此光景，老贾终于心软了。他虽贪财，是个小人却并不是坏人。他挣开黄天勇的手站了起来，颤颤巍巍走到银荷面前将她扶起，又把钗子交回给银荷说："我再浑也不能要姑娘的东西，否则天地也不容我。"转身走到柳湘莲面前低下头说："我和那山东人只见过一面，我贪图小利不知事情这样严重。那两个坏蛋让我传话便给了我五两银子，却声明不能有官府的人出现，若误了他们的事就要我的命。我今天见有差役来就吓住了，不敢讲真话害你们耽误了时间，我现在告诉你们，人质关在梅岭脚下的怪石洞。"说完腿一软坐到了地上。

"这下好了，我知道那个地方。只是这里通往怪石洞的路崎岖难行，银荷姑娘和曹老板肯定不能去。湘莲老弟，我同你即刻前往新建县府，到那里借几匹快马前往，你看如何？"黄天勇对柳湘莲说。

"黄兄这样安排最好。"柳湘莲回答。他见银荷泪流满面，心中十分感慨，为曹雪芹身边有这样的姑娘庆幸。他对银荷、曹定达说："银荷姑娘不要伤心，定达叔不要焦急，请你们放心，救人就在今明两天！"

# 柳湘莲舍身斗匪

捕头黄天勇是新建县人，对本县地理位置了然于胸。

黄昏时刻，一行人来到了梅岭山下怪石洞附近的霞溪村。霞溪村前有溪流，后靠梅岭，四周林木繁茂，是个偏僻村庄。

村子里家家闭户，鸡犬无声。柳湘莲好奇地问黄天勇："这太阳刚下山，村里人怎么就家家关门？"

黄天勇道："此处虽无虎豹，却常有豺狗出没，村里人家的畜禽被害是常事，更有孩童屡被咬伤，所以各家早早关门。"听他这么一说，柳湘莲眉头紧锁，心中多了一分担忧。

众人下马。黄天勇敲开一户人家的大门。堂屋里，一对中年夫妇正带着两个孩童在桌前吃饭。两个孩童见有生人，马上躲到了母亲的身后。

"你们休要惊慌，我们到此地是为捉拿强盗的。"黄天勇安抚农夫一家，又问农夫道，"你可知怪石洞处近日有无生人？"

中年农夫想了想，说："怪石洞离村有三里地，我是极少去的，但今天上午，我正在耕田，邻居陈细河过来告诉我，他早上在怪石洞前砍柴时，看到两个陌生人从洞里出来张望，两人手里还拿着刀。"

"这就是了。柳公子，我们今夜在此借宿，明日一早就去救人。"黄天勇对柳湘莲说。又从身上掏出一块碎银交给农夫道："今晚多有打扰。"

中年农夫忙说:"不碍事,不碍事。我家有东、西厢房四间,西厢两间空着,正好可以住人。"他急忙吩咐老婆淘米煮饭、支床铺被。

诸事完毕。黄天勇和三个番役打着哈欠正要脱衣上床,就见柳湘莲推门而入。黄天勇瞧见柳湘莲已换上一身夜行服,背着宝剑,对着他拱手道:"我是心急如焚,万难安睡。捕头们暂且歇息,待我先去怪石洞打探。"

黄天勇听罢,心想宇宙虽大,此等英雄难觅,自出巡抚衙门一路上他和同伴都怀疑这年轻人的能力。此刻他睁圆双眼道:"柳公子如此英雄气概,我黄某岂甘落后。伙计们,带上家伙,备好绳索,我们一道前往!"三个番役,齐声称是。

片刻间,黄天勇手执一把快刀,腰插四支飞镖,三个番役,两个拿刀,一人执箭,整装待发。

中年农夫见了,也拿起一把斧头说:"坏人跑到我们这里来,实在可恶,理应捉拿!有你们一班英雄在,我也不怕,我给你们带路。"他点起了一支松油火把,出门领着众人,急急朝怪石洞而去。

走过一条长长的小路,蹚过一道小溪,众人来到了怪石洞前,但见怪石林立,或嵯峨或奇异,在黑夜里显得阴森恐怖。

柳湘莲向洞内张望,黑黝黝的山洞里寂静无声。他拔出鸳鸯剑,两道寒光在众人眼前一闪。湘莲对黄天勇道:"既然大家都来了,擒贼就在今夜!我在前面,你们随后跟着。"他提剑挺身就朝洞内走去。

进洞约莫二十丈,拐过一处弯,柳湘莲瞧见山洞深处有烛光在闪烁。蹑足上前,见一块石板上,侧身躺着双手被绑的曹雪芹,另一块石板上,仰卧着两个歹徒,正是日前在当铺遇见之人。

听到动静,石板上的红脸络腮胡一跃而起。他抓起身边的钢刀,大声喝道:"什么人胆敢夜闯怪石洞!"

"强盗认识我吗?!"柳湘莲剑眉倒竖,脸若冰霜,剑指络腮胡,怒声喝道。眼见曹雪芹在此受磨难,他心里万分难过,雪芹所受之苦很大原因是自己引起的,此刻面对络腮胡,他心中的怒火在熊熊燃烧。

"原来是你小子,不送银子敢来抢人,你不要命了!王德银,快拿起刀来!"络腮胡惊讶之余大声叫喊。

怎料他身后一声响,那个叫王德银的黑脸缺耳的同伙已吓得摔倒在地。

"一个废物!"络腮胡回头瞧见同伙倒在地下,恨恨地骂了一声,挥刀就朝柳湘莲的头上砍去。

柳湘莲挥剑相迎,刀剑相交,火花迸出。

络腮胡自小练过武艺,见了湘莲和众番役也不惧怕。他力大刀沉,步步向前,恨不得立时砍倒柳湘莲。

湘莲跳跃腾挪,身快剑快,鸳鸯双剑使得出神入化。宝剑银光闪闪在络腮胡的眼前飞舞,令他眼花缭乱,十几个回合下来,络腮胡已气喘吁吁,只有招架之功。打斗中,忽听柳湘莲一声大喊:"我的宝剑从未杀过人,今天就拿你开斋了!"瞅空处一剑刺中了络腮胡的右肩。

"哎呀!"只听络腮胡怪叫一声,举刀的手慢慢垂下。

"我只要再一用力,你这只胳膊就将不保。"冷面郎柳湘莲冷冷说道,"若是你弃刀就擒,尚可饶你一命。"

"除非万不得已,不要伤人性命。"柳湘莲牢记父亲在传给他宝剑时的嘱咐。日前来江西的途中,在一条山道上,他偶遇几个强盗在抢劫一个盐商,他拔剑击退了强盗却并不追赶,只是保护盐商上了大道作罢。在曹家巷对付谢三,他也是见好就收,见捕快一到便抽身隐退。

眼前的络腮胡可不比山道上的强盗,只见络腮胡向后一跃,瞧见肩上流下鲜血,大喊一声:"王德银,快去把那个富崽废了!"

黑脸王德银听见，拿着刀战战兢兢地向站立在洞壁边的曹雪芹走去，吓得雪芹惊恐地大喊："哥哥快来救我！"

"休得伤害公子！"柳湘莲大喊一声，顾不得眼前的络腮胡，斜身就往里闯。

"你还想救他。"络腮胡冷笑着，横刀一拦，阻挡柳湘莲的去路。

"湘莲不要分心，看我的。"柳湘莲身后传来黄天勇的声音，只见一星光亮闪过，黄天勇甩出的飞镖准准地钉中了王德银的手腕。

咣当一声，王德银手中的钢刀掉落在地，他痛苦地捂着流血的手蹲了下来。

"准备弓箭！"黄天勇见洞里狭窄，容不得自己上前，便吩咐拿弓的番役用箭。

"不要用箭！"柳湘莲怕箭误伤雪芹，急忙喊住。心中着急，一脚踩在一块碎石上，人便向后倒。

"哈哈，你就受死吧！"络腮胡狞笑一声，挥刀砍向倒地的柳湘莲。

"砰！"的一声响，钢刀砍在地上，湘莲已滚过一边，地上留下他的一块衣角，络腮胡挥刀又砍，湘莲再次翻滚躲过，钢刀砍在石上，溅起星星火花，只见络腮胡咬牙又一次挥刀要砍湘莲，黄天勇见柳湘莲身处险境，赶忙抽出腰间第二支飞镖，朝着络腮胡奋力一甩。

"噗！"的一声响，飞镖深深扎进了络腮胡的胸口，络腮胡面露怪异之色，呆呆地看着胸前的飞镖。

趁此机会，柳湘莲挺身跃起，来到了络腮胡的身后，奋力一剑，刺向络腮胡的后背。

"哎呀！"中剑的络腮胡怪叫一声，向前趔趄了一步，随即扑倒在地。

"快把他们绑起来！"黄天勇对番役们道。三个番役如狼似虎扑上前将两个强盗捆绑了起来。

"大功告成。"黄天勇仰头哈哈大笑。

"芹弟受惊了。"柳湘莲跑过去解开雪芹手上的布条，抱着浑身发抖的雪芹潸然泪下。

"我知道哥哥会来救我的，一定会来救我的。"雪芹在湘莲的怀里抽泣道。

番役押着歹徒，柳湘莲背着曹雪芹出了山洞。黄天勇在后面拉了拉柳湘莲的衣襟悄声说："我这一路来提心吊胆只怕你我办事不成，你就必定会受到巡抚大人的责罚，我也脸上无光。现在功成圆满，明日复命，巡抚大人定有奖赏，还会为你设宴庆功。"

柳湘莲感叹一声："今晚全仗黄兄助力。"

"为救芹弟你与强盗舍命相搏，英雄壮举令人敬佩，庆功宴上你当仁不让陪巡抚大人上座。"黄天勇笑道。

"黄兄，我这小兄弟受了这么大的苦和惊吓，我这些天必须陪着他。明日复命之事还望黄兄代劳，我就不再去衙门了，务请黄兄多多谅解。"柳湘莲说。

黄天勇错愕片刻，他敬重柳湘莲，也就不追问缘故。

# 尾　声

数日后，江西巡抚衙门。

佟用良对着跪在堂前的犯人大声宣读："犯人王德金，山东人氏，长年盗墓为生，窜至江西，偷盗拐骗，今又绑架良民，勒索巨银，执刀拒捕，实属罪大恶极，现报刑部，秋后处斩。从犯王德银，杖背三十，充军云南。"

络腮胡王德金和黑脸王德银被衙役带下。

佟用良又笑指黄天勇道："黄天勇你等四人，捕贼有功，各赏银十两。"两旁衙役喝彩。

佟用良左右观望总不见柳湘莲的身影，便问黄天勇："怎的不见柳湘莲，他不领赏喝酒也就罢了，今天百姓来了这么多他也不来。"他实是欢喜柳湘莲，难得遇上柳湘莲这般英俊能干之才，就想留他在身边。

"柳湘莲正在章江门送别曹公子。"黄天勇上前禀告。

章江门外码头。

"为何着急回家？"柳湘莲拉着雪芹的手不舍地问。

"学业荒废时日已多，我怕老师责怪。"雪芹难说是银荷天天催他回家，只好这样回答。

"让你受到惊吓，这是我万万没有想到的。"定达和雪芹告别时百感交集，本待留雪芹多住些时日，可挡不住银荷借着雪芹被绑架之事定要早日回南京。老船家也托人来信说南京曹府暂且无事，他只好同意雪芹回家，想着雪芹来昌十数日，经历的痛苦多于欢乐，自己和曹大人的初衷，应该达到了吧。

"叔叔万不可这样想。我到江西的这些日子，从你和婶婶、湘莲兄、太公等人身上学到了许多的东西，感受到了许多的温暖。这美好的情谊，我会用心、用笔把它记下来。"

曹雪芹和银荷站在船头。见银荷这些天身子消瘦了许多，雪芹叹了口气，一手揽过银荷，肩并肩向着岸上的定达、霞姑和湘莲挥手告别。

雪芹从锦囊里掏出那块红玛瑙，放到银荷手中说："这些天跟着我担惊受怕，不知流了多少泪，这玛瑙就送给你。"

看着手中璀璨的玛瑙，银荷眼圈红了，她推辞道："我不要，这宝石太贵重。"

"在我看来，玛瑙给你最合适。"雪芹握住银荷的手。

"那我就一生珍藏它。"银荷身子倚着雪芹，轻声说。

柳湘莲看着客船离开了码头，偷偷洒下几滴热泪。数月后，他听闻曹府被抄，雪芹被关押，心下焦躁，不顾中风卧病在床的定达劝阻，即刻赶往南京。在一个黑夜，他翻墙进曹府，被看守的士兵团团围住，在力杀二人后，终被乱刀砍死。此事轰动金陵，传至京城，雍正听了，半日不语，后对曹府的处置，稍稍放宽。

再看客船，已不见踪影，只见东南方的天际，正卷起了一团团的乌云。

# 参考资料

[1] 周汝昌. 曹雪芹祖籍新证 [J]. 河北学刊，1996（3）.

[2] 政协江西南昌委员会编. 曹雪芹南宋始祖发祥地武阳渡 [M].
2002.